Giovanna Di Verniere

L'impazienza di Penelope

L'impazienza di Penelope
Copyright © 2021 Giovanna Di Verniere
Tutti i diritti riservati.

Codice ISBN: 9798766170471

Illustrazione di copertina: VidelArt
Editing: Raffaella Arnaldi
Grafica & Impaginazione: Giovanna Di Verniere

L'impazienza di Penelope

I would tell you
That I loved you
If I thought that you would stay
But I know that it's no use
That you've already
Gone away

The Cure, Boys don't cry (1979)

Mi manca l'aria.

Se potessi racchiudere questa storia in un concetto, sarebbe sicuramente la spietata incapacità di respirare.

Mi chiedo se capiti anche a lui ogni tanto, oppure se quando si chiude la porta di casa alle spalle, io smetto di esistere.

A cosa pensa quando cammina per strada e per caso vede passare qualcuna che gli ricorda me?

Cosa fa quando vorrebbe un mio bacio e sa di non poterlo avere?

Dove sono io quando torna a casa dalla sua famiglia?

"Tu la pensi diversamente perché non hai quarant'anni anni e due figlie" mi ha detto una volta.

Mi chiedo se sia solo una scusa o se effettivamente il mio modo di amare, profondo e a tratti distruttivo, sia ancora adolescenziale.

Ma io non capisco, non ci riesco.

Non so come si possa amare qualcuno e non volerlo accanto tutti i giorni.

Come si fa amare nel modo giusto?
Chi ce lo insegna?
Come si fa a respirare quando non ci sei?
Come si fa a sorridere?

Insegnami a vivere senza di te.
Insegnami a non sentire la tua mancanza.
Spiegami come faccio a non portarmi dietro la presenza della tua assenza.
Aiutami a ricordare com'era la mia vita prima di te.

Sono le sette e la sveglia suona.

«Cazzo!» esclamo. «Devo alzarmi, maledizione!»

È quasi finito maggio ma a Milano fa un caldo asfissiante. Ho passato la notte a rigirarmi nel letto senza tregua ed è già arrivato il momento di andare al lavoro.

«Buongiorno, Gigi, torna a darmi un bacio!» mi dice lui, e io non posso deluderlo.

Ma cosa ci fa un angelo così con una come me?

Me lo chiedo tutti i giorni, soprattutto quelle mattine in cui mi porta la colazione a letto e mi stringe come se non volesse più lasciarmi andare.

Il suo modo di abbracciarmi è diverso da quello di qualsiasi altra persona. Ogni volta chiude gli occhi e inspira profondamente, come se volesse sentirmi con tutti i suoi cinque sensi.

Se dovessi disegnarlo mi soffermerei sul suo sorriso: gli occhi sembrano illuminarsi e gli si forma sempre una buffa fossetta sul mento.

Sto parlando di Gabriele, quello che qualsiasi altra donna definirebbe "il mio ragazzo". Ma io non sono mai stata una tipa da relazioni. L'ultima risale ai tempi del liceo e da quel momento il mio unico pensiero è stato il mio lavoro e la carriera.

Le mie storie non vanno mai oltre il terzo appuntamento ma con lui sta durando più del solito, anche se negli ultimi tempi sta iniziando a pretendere da me qualcosa di più. Qualcosa che io non so e non voglio dare. Io sono fatta così, mi sveglio tutte le mattine con la voglia di conquistare il mondo, alla continua ricerca di qualcosa di più. Non ho tempo per un vero fidanzato. Come si fa a iniziare una relazione stabile quando il tuo lavoro ti porta continuamente in giro? Tutto questo non aiuta a creare legami. Li rende impossibili, incerti e flebili. Nessun uomo serio ed equilibrato sceglierebbe una piuma nel vento come me. Ma io non riesco a fermarmi, anche se volessi non saprei come si fa. Se sono incapace di amare non è per cattiveria e nemmeno per sadismo. A bloccarmi da sempre è la paura.

Paura di soffrire, paura di dipendere troppo dall'altro. Quando le cose iniziano a farsi serie, mi pietrifico e poi scappo terrorizzata.

Quello che mi spinge a scegliere le storie senza futuro è proprio la brutale consapevolezza che durerà poco. Il tempo di farsi del bene senza scavare a fondo, senza lasciar traccia o cicatrice alcuna.

Con Gabriele è iniziata allo stesso modo. Io in quel periodo ero a Parigi per lavoro, lui seguiva un corso universitario alla Sorbonne. Ci incontrammo in un café in Place du Tertre. Quella mattina sembrava che tutto mi sorridesse: il cielo era limpido, e il sole delicato rendeva l'atmosfera parigina ancora più romantica del solito. Io ero seduta al mio tavolino preferito, l'ultimo a destra accanto alla vetrina, e prendevo il solito caffè macchiato, con la quotidiana illusione che potesse miracolosamente svegliarmi. Il cameriere, che mi vedeva ogni mattina da due settimane, mi disse che quel giorno irradiavo una luce diversa.

Mentre versavo il latte caldo nella tazza alzai lo

sguardo e rimasi colpita da quel ragazzo biondo e sorridente che mi guardava dal tavolino di fianco. Capii subito che era italiano dal voluminoso libro accanto al piattino colmo di madeleines.

Non persi tempo e ne approfittai per attaccare bottone, con la scusa di sapere se le avrebbe mangiate tutte da solo. Fu una cosa insolita per me, solitamente sono così timida che preferirei camminare sui carboni ardenti piuttosto che farmi avanti con un ragazzo. Lui sorrise di nuovo, e notai per la prima volta la sua curiosa fossetta.

Prese il piatto e venne a sedersi accanto a me senza dire nulla. Poi iniziammo a parlare chiacchierare e mi raccontò un po' la sua vita, mi parlò di quello che stava facendo a Parigi e mi chiese se avevo voglia di scoprire la vera anima della città insieme a lui. Lo trovai così sicuro di sé e allo stesso tempo rassicurante.

Fu una delle conversazioni più vere di quei mesi, un raggio di sole dopo una stagione di nuvole. E da quel momento non ci staccammo più per tre settimane.

Un grande passo per me. Non sentivo quella voglia di scappare, mi piaceva sapere che da qualche parte, in una grande e sconosciuta Parigi, ci fosse qualcuno che desiderava quello che desideravo anche io.

Andavamo ogni mattina a far colazione lì, nel café in cui ci eravamo conosciuti, poi le giornate proseguivano alla scoperta della città, dei suoi musei, delle biblioteche sconosciute, per finire con lunghe passeggiate lungo la Senna.

Condividere i miei interessi con qualcuno per la prima volta rendeva tutto più intenso. Quando arrivò il giorno del suo ritorno in Italia sapevo già che sarebbe finita lì, che non ci sarebbe stato un futuro per noi. Lo accompagnai all'aeroporto e mi promise che ci saremmo rivisti. Io invece ero convinta che non avrebbe mantenuto la sua promessa, ma come al solito per me non sarebbe stato un problema.

Invece Gabriele mantenne la promessa e tornò a Parigi la settimana seguente. Avevamo poco tempo per noi, io sempre presa dal lavoro e lui immerso nei suoi libri voluminosi, ma mi bastava alzare lo sguardo e vederlo accanto a me per sentirmi meno sola. Da quella volta venne a farmi visita sempre più spesso e, dopo tre mesi di baci scambiati in aeroporto, finalmente arrivò il momento del mio rientro a Milano.

Da quando sono qui passiamo molto tempo insieme, nonostante io sia sempre stata chiara sulla mia intenzione di non avere nessun tipo di relazione stabile. Ma nonostante tutto sono già passati tre mesi. Non so perché stia durando così tanto, forse mi sono legata a lui perché ero stanca di scappare, perché cercavo un posto in cui parcheggiare la mia anima sempre in movimento. Un rifugio per il mio cuore, dove sentirmi protetta.

Parigi, Milano, New York sono da sempre le città ideali per una stilista. Il mio più grande desiderio, da quando ero bambina, è sempre stato ideare e creare abiti. Per questo motivo a diciotto anni sono andata via dal mio paesino per inseguire il mio sogno. Ma non è stato facile. Allontanarmi da tutto ciò che mi dava sicurezza, dalle mie radici, ha significato una lotta continua per mantenermi a galla. Raggiungere il mio obiettivo era l'unico modo per dare un senso alle innumerevoli notti insonni e alle infinite giornate tristi da affrontare in completa solitudine.

La mia vita girava intorno al lavoro e agli eventi mondani, continuamente a contatto con persone a cui ero obbligata a sorridere e prestare attenzione. Una vita frivola, vuota, a volte faticosa per una ragazza introversa come me. L'arrivo di Gabriele è stato come un risveglio dal torpore: lui era la prima persona con cui potevo lasciarmi andare, mostrarmi nella mia vulnerabilità senza paura di essere ferita.

Quando immagini la vita da stilista pensi solo a fogli e matite che danno forma alla tua creatività; quello che c'è dietro le quinte è invece un susseguirsi di sorrisi di circostanza e conversazioni vacue. Spesso, dopo una giornata di lavoro, vorresti soltanto tornare a casa, mettere su un film strappalacrime e ingozzarti di patatine al formaggio. Invece hai l'obbligo di presenziare agli eventi e parlare con più persone possibile per alimentare una rete di contatti. Ma oggi non è tempo di autocommiserarsi. È tardissimo e devo scappare in ufficio: la riunione di oggi è troppo importante, non posso perderla. Scappo in bagno e metto un filo di trucco, quel tanto che basta per non farmi licenziare.

Torno frettolosamente in camera e infilo la gonna nera elegante, l'unica che ho, e mi ripeto che è arrivato il momento di comprare dei vestiti da donna, sì, a trent'anni dovrei proprio smetterla di vestirmi come una ragazzina. Poi guardo indietro e vedo Gabriele, venticinque anni appena compiuti.

Ecco, mi dico ridendo, potresti iniziare smettendo

di andare a letto con ragazzi più giovani di te!

«Gab, vado al lavoro. Chiudi bene la porta quando vai via!» gli sussurro all'orecchio prima di uscire di casa.

Lui si rimette a dormire e abbozza un sorriso.

Prendo la borsa, corro giù per le scale e mi ritrovo subito in strada. Intorno a me soltanto traffico, afa e confusione. In questi momenti mi chiedo quando mai ho preso la malsana decisione di abbandonare la tranquilla vita di paese rivierasco e immergermi nel devastante caos metropolitano.

Scendo le scale della metro e già odio tutta questa gente che vaga in maniera disordinata come un banco di pesci confusi. Mentre aspetto il treno, controllo nuovamente se sono sulla banchina giusta. Il mio cervello si attiva soltanto dopo un paio di caffè e non voglio rischiare di trovarmi inconsapevolmente persa nelle periferie di Milano. Inizia così la mia frenetica danza in attesa del treno. Il mio corpo asseconda il continuo moto dei pensieri nella testa. Se potessi bloccarli almeno per un attimo. Se potessi fermare questa costante voglia di scappare.

Mi stanno chiamando. Sento solo una lontana vibrazione del telefono nel caos della mia borsa, ma riesco a tirarlo fuori.

«Pronto, Gigi!»

«Ciao, Zù. Cosa devi ricordarmi oggi?» le dico in tono scherzoso. È davvero strano ricevere una chiamata di Azzurra a quest'ora.

«Sapevo che ti saresti dimenticata. Stasera c'è l'ultima replica dello spettacolo di Marco. Te lo ripeto da due settimane.»

«Hai ragione! Sono la solita sbadata. Passo a prenderti alle diciannove!»

Devo assolutamente comprare un'agenda, o forse avrei bisogno di un'assistente personale che mi ricordi di comprare il latte e di chiamare ogni tanto Gabriele. Sarei capace di dimenticare anche quello!

Azzurra è la mia migliore amica, la mia anima gemella. In realtà se ci vedessero in lontananza sembreremmo davvero gemelle. Fortunatamente per Azzurra e, a pensarci bene, anche per me, caratterialmente siamo all'opposto. Lei è tutto ciò che io non sono. Sa mostrarmi ogni situazione da un altro punto di vista, quello che io da sola non coglierei affatto. Mi apre gli occhi con la sua brutale sincerità e mi aiuta a tenere a bada l'istinto, che mi porterebbe sempre a far cazzate.

Siamo cresciute insieme e mi conosce molto bene, a volte anche più di quanto mi conosca io. Abbiamo messo piede a scuola nello stesso momento e ne siamo uscite allo stesso modo: stessi amici, stessa città e percorso di studi simile. Io all'Accademia di Moda di Milano, lei a studiare recitazione alla Paolo Grassi, anche se poi ha deciso di lasciare tutto per fare la maestro d'asilo. E a scuola di teatro ha conosciuto Marco, suo insegnante di recitazione di poco più grande di noi. Fanno coppia fissa da quasi cinque anni e stanno progettando di sposarsi entro un anno. Beata lei! Così sicura del suo sentimento e così costante. Per una volta che decido di lasciarmi andare io invece, nel giro di pochi mesi sono già pentita, e mi dimeno come un pesce infilzato all'improvviso e senza pietà da un amo.

Con Gabriele mi sono buttata alla cieca, senza esserne davvero sicura, e adesso mi ritrovo, come previsto, incastrata in una situazione che non mi rende felice. Lui è perfetto, davvero. Mi dedica tutto il suo tempo libero, è attento e premuroso. Ma a me non va mai bene nulla, c'è sempre qualcosa che manca. Come un puzzle che resterà incompleto perché non sai dove possa essere finito l'ultimo pezzo. Forse sotto al divano, tra la polvere e qualche penna rotolata lì, oppure nel piccolo spazio tra il piano cottura e il lavabo.

Una vita incompleta, un armadio vuoto in cui raccogliere relazioni monche, come un tavolino senza un piede o un elicottero giocattolo senza le pale. Mi sento così adesso e neanche Gabriele, con il suo affetto e le sue premure, potrebbe riempire quello spazio. Non ci riuscirebbe neanche se fosse quel pezzo di puzzle.

Il mio ufficio si trova all'ultimo piano di uno dei palazzi più belli di Milano. La mia scrivania si affaccia su piazza della Repubblica e ogni volta che guardo fuori mi lascio incantare dalla città, che non smette mai di muoversi freneticamente. Milano è difficile da capire e da conoscere. È come una donna misteriosa e sfuggente, che si lascia avvicinare per poi far perdere improvvisamente le sue tracce. Ma una volta compresa, una volta conquistata, ti regala tutta se stessa.

Nonostante questo casa mia mi manca, tutti i giorni, e neanche la città più bella del mondo potrebbe prenderne il posto. Neanche il lavoro dei miei sogni, a cui mi posso finalmente dedicare.

Ma dopotutto cosa dovrei fare? Lavorare qui mi permette di condurre la vita che ho sempre desiderato. Vorrei solo avere la possibilità di vedere più spesso mia madre, che non riesce neanche lei a trovare un paio di giorni per venire da me perché passa tutto il tempo nel suo atelier. Per non parlare di mia sorella Beatrice, che dopo il matrimonio si è votata completamente alla famiglia. E un po' la invidio. Mi piacerebbe essere come lei, calma, equilibrata, senza quella fame di vita che ti porta ad ardere così tanto da bruciare tutto ciò che hai intorno. Per rassicurarmi spesso mi dico che è solo una questione di età, che magari tra dieci anni sarò diversa, non come lei forse, ma più matura. E in quei momenti mi sento meno spaventata, da me e da questo mondo che mi sembra sempre meno familiare.

La riunione di oggi intanto è stata un successo. Mi hanno assegnato un progetto che mi porterà a lavorare per il New York Film Festival del prossimo anno. Dovrò trasferirmi lì per qualche mese e l'idea mi eccita, e mi terrorizza al tempo stesso. I lavori che ho seguito negli ultimi anni mi hanno sempre portata a Parigi, che per me è come una seconda casa, ma questa è la prima volta che gestirò un progetto tutto mio dall'altra parte del mondo.

Appena rimetto piede in ufficio chiamo mia madre per raccontarle tutto. In famiglia è sempre stata lei quella pronta ad appoggiarmi. L'unica a supportarmi quando ho manifestato il desiderio di fare la stilista e non il medico, come mio padre. In fin dei conti i nostri genitori hanno avuto solo due figlie e i nonni e gli zii speravano che almeno una desse seguito al suo nome e alla sua carriera.

Mio padre è morto di cancro quando avevo cinque anni e mia madre non si è mai risposata, anzi, non ha mai avuto nessun altro uomo. Dice sempre che il vero amore lo vivi solo una volta nella vita e per lei l'amore con la A maiuscola resterà sempre e soltanto lui. Lei è una di quelle che ci crede davvero, nell'amore dico. Io trovo più facile credere in Dio piuttosto che in una parola con cui tutti si riempiono la bocca e raramente il cuore.

Da mia madre ho ereditato la sensibilità, la dolcezza ma soprattutto la creatività. Fa la pittrice e da qualche mese si diletta anche con la scultura. Ogni volta che torno a casa c'è una novità: mamma non si ferma mai ed è sempre pronta a lanciarsi in nuove avventure. Anche se io mi auguro che inizi a buttare un po' della roba che colleziona a casa, perché oramai non c'è più posto e ogni volta è un percorso a ostacoli per trovare l'ingresso della mia vecchia stanzetta.

Mia sorella Beatrice invece è molto diversa da me. Io sono sempre stata la figlia ribelle, mentre lei è la figlia perfetta: tutti voti altissimi al liceo, laurea in legge con relativo master a Londra, e subito dopo matrimonio idilliaco e due bambini. Tutto questo alla soglia dei trentatré. Mentre io neanche riesco a immaginare la mia vita tra un anno.

Se invece parlassi con Gabriele di New York, ho paura che si renda conto che sono la solita egoista che mette se stessa e il lavoro prima di tutto.

Vorrei avere più coraggio, vorrei avere la forza di ammettere che sono un fallimento in materia di sentimenti. Se riuscissi accettarlo potrei continuare la mia vita in solitudine, senza ferire gli altri.

Ma, ancora una volta, penso che non sia questo il momento giusto per essere giù di morale. Oggi è una giornata speciale e non posso essere triste. Prendo la borsa, sistemo i capelli e vado in sala ristoro a salutare i miei colleghi. Il tempo di un caffè – probabilmente il decimo della giornata – e scappo a casa.

Giro lentamente la chiave nella serratura ed entro nell'appartamento. Quasi non sembra il mio, è esageratamente in ordine, come se non ci fosse stato nessuno per tutto il giorno.

Tutto merito di Gabriele, che conferma nuovamente la mia convinzione che lui per me sia davvero troppo. Lascia sempre tutto in ordine ed è l'unico a rifare il letto. Se fosse per me lo lascerei sfatto fino al successivo cambio di lenzuola. Sono disordinata fuori tanto quanto lo sono dentro. L'armadio è praticamente vuoto, perché i vestiti sono sempre sparsi in tutti gli angoli della casa. Una delle fortune di essere una stilista è avere sempre le idee chiare su cosa mettere, anche se poi impiego una vita per ricordare dove ho collocato tutto quello che mi serve.

Ho solo mezz'ora per prepararmi e poi dovrò andare a prendere Azzurra. Intanto giro per casa, raccogliendo velocemente i vestiti come se fossi a una svendita di Zara, e vado verso la mia camera per buttare il mucchio di abiti sul letto. In mezzo a quella giungla di seta, cotone e materiali vari scelgo il tubino verde petrolio. Indosso un paio di sandali con il tacco, che mi slanciano e mi aiutano nella difficile impresa di avere un aspetto da adulta, anche se il nasino sottile spolverato di efelidi continua a darmi quell'aria adolescenziale. Mi guardo allo specchio e finalmente davanti a me vedo la persona che avrei voluto essere da tanto tempo. Come tutte le ragazzine ho passato anni a odiare il mio corpo, le mie ginocchia leggermente storte e il seno troppo abbondante per un'aspirante ballerina classica. Ma ora mi sento sicura di me, vedo così tanti corpi perfetti nel mio lavoro che ho imparato apprezzare tutto ciò che se ne discosta.

Un ultimo controllo allo specchio, poi prendo la borsa e le chiavi di casa. Forse ho esagerato come sempre e il mio abbigliamento è più adatto a un cocktail party vista Duomo che a una serata a teatro. Ma è troppo tardi per rimediare, Azzurra mi scrive implorandomi di non arrivare in ritardo per una volta.

Scendo in strada alla ricerca della mia automobile, come al solito non ricordo dove l'ho parcheggiata. Dovrei segnare anche questo in agenda, per evitare di ritrovarmi sempre in questa situazione. Linda, la cameriera del bar sotto casa, mi guarda ridendo. Chissà quante volte avrà visto questa scena ridicola di me che mi guardo intorno come se capitassi lì per la prima volta.

Giro l'angolo, quello in cui c'è la pasticceria siciliana, e un puntino bianco richiama la mia attenzione. Eccola lì! Stranamente ho già le chiavi a portata di mano e la apro con un gesto quasi di sfida. Salgo, sistemo la cintura in modo che non rovini il vestito e metto in moto accendendo lo stereo, rigorosamente alto volume. Adoro guidare per le strade di Milano quando sono vuote, posso cantare a squarciagola senza che le auto di fianco mi guardino come se fossi una foca canterina del parco acquatico di Cattolica.

Le note di *The Less I Know The Better* riempiono la mia 500 e mi dirigo verso casa di Azzurra. Lei vive in un piccolo monolocale in zona Porta Venezia, anche se poi passa tutto il suo tempo a casa di Marco, che ha uno splendido attico proprio nel cuore di Brera. In dieci minuti sono già da lei e, mentre sono ferma al semaforo, la intravedo fumare una sigaretta davanti al portone.

Mi fermo e le faccio cenno di salire. Lei lancia sul marciapiede la sigaretta, sale in macchina con la sua tipica aria allegra e mi viene in mente che raramente l'ho vista triste in questi ventisei anni di amicizia. Neanche se mi impegnassi riuscirei a ricordare la prima volta che ci siamo incontrate, ci conosciamo dai tempi dell'asilo, quando i nostri problemi più grandi erano i vestiti delle Barbie che non si trovavano e la cuoca della scuola che ci obbligava a mangiare la verdura che non ci piaceva.

«Sei splendida, Gigi! Questo vestito verde ti sta d'incanto. Gabriele impazzirebbe se ti vedesse.»

«Cazzo, Gabriele! Non gli ho scritto per tutto il giorno.»

L'avevo detto che mi serviva un'agenda!

Virginia, ricordi quel biondone che era nel tuo letto questa mattina? Ecco, lui andrebbe chiamato due o, se è troppo faticoso per te, anche una volta al giorno, almeno per educazione.

Forse non l'ho fatto perché mi sento in colpa per la storia di New York, o forse perché nelle ultime settimane lo sto evitando in tutti i modi, mi limito a dormirci insieme perché so che in quei momenti non c'è bisogno di parlare. Qualunque sia il motivo, sono una persona di merda e il karma mi punirà.

Dopo pochi secondi il telefono suona. È proprio Gabriele. Probabilmente i miei sensi di colpa lo hanno raggiunto.

«Gigi, cosa succede? Oggi sei sparita» mi dice con il suo solito tono tranquillo e sereno.

«Scusa. Ho avuto una giornata strapiena e ora sto andando con Azzurra a vedere lo spettacolo teatrale di Marco. Non ti ho detto nulla perché sapevo che non saresti venuto!»

«Non preoccuparti. Buona serata, allora. Dormi da me dopo? Ti aspetto sveglio.»

È un angelo! Non capisco come faccia a essere sempre così calmo con un vulcano pronto a eruttare come me. Se fosse stato lui a sparire, io sarei andata sotto casa sua e gli avrei bruciato la tanto adorata moto blu. La spiegazione è solo una: sono stata una santa nella mia vita precedente e questo è ciò che merito per la mia condotta esemplare.

«Si farà sicuramente tardi. Ti chiamo domani. Un bacio» e chiudo.

Sto ignorando vigliaccamente il problema.

Va tutto bene mi ripeto. Ma non è così, non va tutto bene. Abbiamo un problema. Anzi, sono io avere un problema, forse una malattia. E non è bello.

Non come quelle persone che dicono che l'amore fa schifo, oppure di quelle che non vorrebbero provarlo per nessun motivo al mondo. No, davvero. Io vorrei esserne capace. Vorrei avere il coraggio di aprirmi totalmente, avere la forza di non scappare ogni maledetta volta. Ma a quanto pare è l'amore a non volere me. È come un'intolleranza.

C'è quella al lattosio oppure alle arachidi o ai crostacei. Ci sono persone che non possono mangiare lieviti, altre devono evitare le uova o gli alimenti ricchi di ferro. Non è che non vuoi, non è che non ti piacciono. Non puoi proprio! C'è qualcosa che non digerisco dell'amore.

La mia diagnosi è questa: ho una grave intolleranza. Frumento e amore.

Sono davvero una ragazza fortunata!

Dopo una disperata ricerca del parcheggio finalmente arriviamo e per fortuna questa volta non in ritardo. Camminiamo a passo svelto lungo il marciapiede, verso l'ingresso, e attraversiamo velocemente il portone illuminato del Teatro Parenti. Penso che sia il posto che preferisco in assoluto a Milano, la sua atmosfera, le pareti di mattoni e i colori caldi delle luci mi rilassano.

«Siamo nella sala qui a destra!» dice Azzurra tirandomi per il braccio.

E io la seguo correndo, manca pochissimo all'inizio dello spettacolo. Giusto il tempo di prendere posto e le luci si spengono. Il teatro è l'unica cosa che riesce a fermare i miei pensieri, l'unico modo per mettere in stand-by il mio cervello e dimenticare la tempesta che ho dentro e intorno a me.

La passione per il teatro è nata grazie ad Azzurra. Io ho sempre sognato di diventare una ballerina, quindi, tre giorni a settimana, indossavo il mio bel tutù rosa e danzavo fiera. Invece, i giorni in cui ero libera passavo il tempo a osservare Azzurra mentre faceva le prove dei suoi spettacoli e la aiutavo con i copioni. Ancora oggi adoro farlo e mi rende molto orgogliosa ed emozionata vederla sul palco, per quanto sempre più di rado. Ma stasera invece siamo entrambe spettatrici e io sono felice di distrarmi un po' da tutti i dilemmi che mi porto dietro, anche tra le lenzuola.

C'è un odore particolare in questa sala, un profumo agrumato con un pizzico di zenzero che stuzzica il mio olfatto. Chiudo gli occhi per un attimo e mi concentro sui suoni, sui rumori, sulle parole recitate da Marco. La mia mente è libera, vuota. Potrei quasi definirmi tranquilla in questo momento. Ma questo termine, riferito alla mia persona, sembra fuori posto.

Infatti all'improvviso qualcosa mi fa sobbalzare. Sul palco è salito un uomo e la sua voce pietrifica ogni molecola del mio corpo. È calda e profonda e mi è familiare. Repentinamente perdo il filo dello spettacolo e non vedo altro che lui.

È Riccardo Russo.

Ero a Parigi, l'anno scorso, solite cene noiose in cui i VIP fanno a gara a chi si veste meglio e passano il tempo a sorridere alle persone che fino al giorno prima insultavano su Twitter. Avevo passato l'intero pomeriggio, prima dell'evento, a trasportare vestiti e fiori dal magazzino alla sala principale. Dovevo essere lì per fare tutt'altro ma ero finita a occuparmi dell'allestimento, come se il mio lavoro non fosse già troppo impegnativo. Ero spettinata e distrutta quando presi l'ascensore per raggiungere la mia stanza.

Non vedevo l'ora di fare una doccia e cambiarmi per la serata, ma l'ascensore decise di bloccarsi e, a rendere la mia sfortuna ancora più grande, il telefono si scaricò, lasciandomi senza la possibilità di avvisare qualcuno. I luoghi chiusi mi terrorizzano, al punto che lì per lì non mi venne neanche in mente di premere il pulsante di emergenza.

«Forse dobbiamo dare l'allarme. Oppure preferisci restare qualche ora qui sola con me?» disse una voce sensuale dietro di me.

Io mi girai spaventata: presa dall'ansia di uscire, non mi ero resa conto di essere in compagnia. Allungai la mano per premere il pulsante e i nostri sguardi si incrociarono, giusto il tempo di rendermi conto di essere bloccata con Riccardo Russo, uno degli ospiti principali della serata.

«Ti chiedo scusa. Questo evento mi sta togliendo tutte le energie. Io sono Virginia Taiani, mi occupo del reparto moda. Abbiamo parlato spesso al telefono. Ho riconosciuto subito la tua voce!» gli dissi fingendo una tranquillità che non mi apparteneva.

Mi ero innamorata della sua voce fin dalla nostra prima telefonata, ma decisi di mantenere un atteggiamento professionale.

«Ti perdono. Anche se ora sarà difficile spiegare alle mie bambine che è stata una principessa a rinchiudermi qui e non un orco, come nelle favole che racconto loro ogni sera!» mi disse mentre le porte dell'ascensore si sbloccavano.

Saranno stati soltanto due minuti di prigionia in quell'ascensore ma a me sembrò un'eternità.

«È stato un piacere conoscerti, anche se in una circostanza un po' strana.»

«Lo è stato anche per me» risposi scappando via. Quegli occhi potrebbero incantare chiunque, pensai.

Quella sera a Parigi lui era con la moglie e le bambine. Poco dopo l'episodio dell'ascensore, parlammo di nuovo, solo il tempo di chiarire qualche dettaglio tecnico sulla serata. Credevo che non l'avrei più rivisto, tantomeno stasera. Mi chiedo se si ricordi ancora di me. Io quella voce e quegli occhi non li ho mai dimenticati.

Smarrita nei miei pensieri, quasi non mi accorgo che lo spettacolo è finito, è Azzurra a riportarmi alla realtà con un pizzicotto.

«Gigi, ti è piaciuto, vero?» mi grida nell'orecchio.

Io non so proprio cosa rispondere, per tutto il tempo non ho fatto altro che guardare Riccardo Russo, senza capire nulla di quello che stava succedendo sul palcoscenico.

«Andiamo a salutare Marco!» mi dice tirandomi verso il corridoio sul retro.

Io mi lascio trascinare come se fossi un fazzoletto di carta abbandonato nel mezzo di una tempesta.

«Gigi, togliti quel sorriso stupido dalla faccia! Cosa ti prende? Non ti vedevo così all'ultima volta che abbiamo visto Andrea all'Old Fashion, ti ricordi?» mi rimprovera Azzurra, ma con un tono sarcastico che mi ricorda quanto mi inebetisco di fronte a qualcuno che mi piace davvero. E improvvisamente mi ritornano in mente tutti ricordi dell'adolescenza e penso ad Andrea Giordano, ai suoi occhi azzurri e al suo sorriso. Lui è stato il mio primo amore. Quello puro, vero che si vive soltanto quando il cuore è ancora libero da pesi e ferite. Quello che pensi durerà per sempre e che quando finisce ti lascia devastata. Non ho provato mai più nulla di simile per nessun altro e ancora oggi, quando mi capita di rivederlo, il cuore rimbalza contro la cassa toracica per qualche secondo.

Poi mi risveglio dai miei pensieri e sono di nuovo qui, e non riesco a smettere di sorridere. Dentro di me speravo di rivedere Riccardo e quel momento è arrivato.

«Che bello vedervi qui! Spero vi sia piaciuto lo spettacolo. Se aspettate un attimo vi presento Riccardo, il mio collega» esclama Marco venendoci incontro.

Riccardo non tarda ad arrivare. Lo vedo camminare spedito verso di noi mentre il mio cuore batte all'impazzata. Cambio faccia, o almeno provo a porre rimedio al mio sorriso stupido.

Lui saluta Marco con una pacca sulla spalla e si presenta gentilmente ad Azzurra. Scambiano qualche battuta e poi lo vedo girarsi verso di me. «Lei è Gigi… ehm, Virginia!» dice Azzurra puntando il dito verso di me e lui si butta sulla mia mano e la stringe con fierezza.

«Piacere, Riccardo!» mi dice con un tono altezzoso e audace. Io sono leggermente infastidita dal suo atteggiamento, ma faccio finta di nulla. Forse non mi ha riconosciuto, oppure fa la prima donna, del resto questa è la sua serata.

«Virginia» rispondo decisa, sperando che si ricordi di me.

Lui si illumina, sorridendo mi dice «So chi sei» e senza darmi il tempo di rispondere va via.

Io resto ferma per qualche secondo, immobile. Quella breve frase, il tono della sua voce e la spavalderia scaturiscono in me un uragano di sensazioni al limite dell'eccitazione.

Marco non si è reso conto di nulla, mentre Azzurra, alla quale il linguaggio del mio corpo non mente mai, mi tira subito in disparte con lo sguardo di chi vuole mettermi in guardia. Lei ovviamente sa dell'episodio dell'ascensore, per una settimana non avevo parlato d'altro. E ovviamente, quando capisce che quel Riccardo è lo stesso che ci si è parato davanti qualche secondo fa, corre subito ai ripari.

«Hai visto la fede? È sposato, Gigi. Lascia perdere!»

Io sorrido e annuisco. Reduce dalla scarica elettrica provocata dalla sua stretta di mano, stavo quasi per tralasciare quel piccolo dettaglio. E me ne vergogno un po'.

«Vado un attimo al bagno, Zù. Torno subito!» le dico guardandomi intorno alla ricerca della toilette.

In quel momento il telefono vibra. Sarà sicuramente Gabriele che prova a farmi cambiare idea e sarò costretta a dormire da lui anche stanotte, non perché lo voglia davvero ma per i sensi di colpa. E invece no. È un'e-mail.

riccardo.russo@gmail.com – 22:13
Sei molto carina questa sera, principessa dell'ascensore.

Allora sa davvero chi sono!
Uscendo da bagno mi guardo intorno agitata, cerco il suo sguardo, ma c'è troppa gente, non riesco a trovarlo. Nel frattempo arriva un'altra mail.

riccardo.russo@gmail.com – 22:14
Sto andando a mangiare qualcosa con un paio di colleghi.
Vieni con noi?

Dove diavolo è finita Azzurra? mi chiedo in preda alla disperazione uscendo dalla porta delle toilette. Ho bisogno di lei ora!
Inizio a girare per la sala come un uccello in gabbia. Vado verso l'uscita e ritrovo la mia amica seduta con Marco, stanno fumando una sigaretta.
Le vado incontro tremando e, senza dire una parola, le mostro i messaggi. Il mio sguardo, fisso su di lei, cerca un cenno di approvazione. Azzurra sa che io andrei. Senza neanche pensarci, andrei a mangiare con lui due, tre, dieci volte. E ci farei l'amore, sì, pure ora, davanti a tutti. Lei si alza e tirandomi per il braccio si allontana da Marco per non farsi sentire.
«Pensaci bene. È sposato. Cosa può volere da te?»
«Ma dai, Zù, è solo un invito a mangiare qualcosa insieme. Cosa c'è di male?»
«Smettila di essere ingenua, Gigi. Non sarà mai sol-

tanto una cena!»

E mi rendo conto che ha ragione lei. Cosa potrei mai ottenere rispondendo al suo messaggio? In tante situazioni i suoi consigli mi hanno salvato la vita. Quindi mi rassegno. Questa volta non posso cedere.

virginia.taiani@gmail.com – 22:18
Mi dispiace ma non posso.
Se ripassi in sala magari riusciamo a salutarci.

riccardo.russo@gmail.com – 22:19
Scusa principessa ma sono già andato via.
Se sei libera nei prossimi giorni mi piacerebbe rivederti.

Resto ferma a fissare nuovamente il telefono, senza sapere cosa dire. Oppure so quello che vorrei dirgli ma non posso. "Mi piacerebbe rivederti". Queste parole riecheggiano nella mia testa e continuano a fissarmi dallo schermo del telefono.

«Gigi, stai attenta! Non buttarti in situazioni più grandi di te» mi dice Azzurra con un tono paternalistico, ai limiti della rassegnazione.

«Non preoccuparti. Non risponderò più ai suoi messaggi» le prometto, ma in fondo non ci credo neanche io.

Ci sono momenti in cui sto male, ma davvero.

Quel dolore che si prova soltanto nel momento in cui ti privano di qualcosa di vitale.

Quando ti afferrano un arto e te lo strappano via.

Quando una ferita che oramai credevi rimarginata si apre e ricomincia a sanguinare.

E fa male.

Male.

Perché non c'è via d'uscita da sentimenti come questo.

Perché provi a non pensarci, ma rivedi lui in ogni cosa.

In ogni maledetto oggetto, angolo o rumore.

Ti affacci alla finestra e rivedi lui, accanto a te, che fuma la sua Winston raccontandoti la sua giornata.

Entri in bagno e trovi la sua sagoma, come se fosse realmente lì mentre si lava i denti, davanti allo specchio,

con il tuo asciugamano rosso intorno alla vita.

Decidi di stenderti sul letto e, allungando la mano per prendere un sorso d'acqua, pensi che quella bottiglia l'avevi messa lì per lui e hai paura, spostandola, di cancellare le sue tracce ancora presenti.

Anche sederti un attimo per allacciarti le scarpe sulla sedia ti fa pensare a lui.

Persino su un insignificante oggetto IKEA ritrovi il suo odore e il sapore di quell'amplesso travolgente consumato proprio lì. Non c'è via d'uscita, oppure c'è ma non la vedi.

Senti solo la ferita che piano piano si allarga e sanguina.

Fiumi rossi che scorrono sulla tua pelle, pennellate di colore dal gusto amaro.

Come un bacio di addio.

Ma non c'è mai un addio.

C'è solo la promessa di rivedersi e la speranza che quelle poche ore tra le sue braccia cancellino tutte le altre passate ad aspettare.

Ed è sempre così.

Si soffre, ci si riabbraccia e la ferita si rimargina.

Poi il fischio finale decreta il termine della nostra partita.

Lui riprende il suo zaino ed esce dalla porta.

In quel momento io muoio dentro, sempre.

Ma non lo do a vedere.

Da brava Penelope, lo lascio andare con un bacio e un sorriso.

Trac.

Ferita riaperta.

E sono qui a terra ad asciugare la pozza vermiglia che piano piano si espande sul pavimento.

Un'altra notte insonne ed è subito mattina. Resto stesa sul letto per qualche minuto dopo il suono della sveglia. Non ho voglia di aprire gli occhi e affrontare la realtà. Non mi va di ammettere che con Gabriele non va più bene. Non so se quelle come me possano essere realmente felici, appagate o semplicemente rassegnate. Dopo Andrea, non ho mai trovato niente o nessuno che mi abbia fatto sentire a casa. Quando ho deciso di lasciarlo andare, quando sono partita per Milano lasciandomi alle spalle tutti i sentimenti che provavo per lui, ero sicura che mi sarei innamorata di nuovo tante altre volte nella vita, che ne avrei trovato facilmente un altro, e sarebbe successo ancora, una, due, cento volte. Crescendo invece ho capito che l'amore è raro e che le persone che ti entrano davvero nel cuore sono poche e quando succede è qualcosa di prezioso che va difeso e protetto. Avrei voluto innamorarmi di Gabriele, avrei voluto davvero amarlo, ma non è colpa di nessuno se non è successo.

Sento dei rumori e subito scatto in piedi. Inizio a camminare lentamente, senza emettere suono, e mi avvicino alla porta della cucina. Tiro un sospiro di sollievo quando mi rendo conto che è solo Azzurra che prepara il caffè. Avevo completamente dimenticato che si sarebbe fermata a dormire qui.

«Ecco il tuo caffè macchiato, Gigi!»

«Grazie, Zù! Come farei senza di te?» le dico, e intanto penso che sarebbe bellissimo avere qualcuno che ogni mattina mi prepara la colazione.

«Ci pensi ancora? A Riccardo, dico...»

Resto in silenzio per qualche secondo. Prendo un cucchiaino di zucchero e inizio a girarlo nervosamente nella mia tazza rossa.

«Mah, non lo so!» rispondo in tono insofferente. Oggi proprio non mi sopporto! «Sì, ci penso. Ma non so perché» ammetto.

«Gigi, è normale. Uno come lui farebbe perdere la testa anche a tua nonna!» esclama lei ridendo e riesce a far sorridere anche me.

«Figurati se uno come Riccardo, bello e famoso, potrebbe mai interessarsi a una come me!»

«Il problema non sei tu, Gigi. Forse ti sei dimenticata che è sposato?» mi dice ridendo.

Io alzo le spalle e sospiro.

Azzurra mi abbraccia. «Sei il mio disastro!»

«Come darti torto!»

Beviamo il caffè in silenzio. Le vene alle tempie pulsano con violenza, i pensieri spingono, sgomitano come per uscire fuori e formare una fitta coltre intorno alla testa. Finisco la brioche, sorrido alla mia amica e vado verso il bagno.

«Faccio la doccia. Tu lascia tutto sul tavolo, ci penso io dopo!» le dico mentre mi spoglio e mi infilo sotto la cascata di acqua calda.

Azzurra, anche quando non dico nulla, anche quando non voglio ammetterlo, sa che ho bisogno di lei. Arriva da me a qualsiasi ora del giorno e della notte proponendomi film imbarazzanti e vaschette di gelato al cioccolato. Senza di lei sarei perduta. Sento in lontananza lo squillo del telefono.

«Zù, rispondi tu, per favore?» le grido dalla doccia. Chiudo gli occhi e immagino di essere altrove. Chiudo gli occhi ma continuo a vedere Riccardo, come se la sua figura fosse impressa sulle mie retine. I suoi occhi, le sue mani.

Azzurra mi spaventa nuovamente entrando all'improvviso in bagno. «Era Martina. Questa sera c'è una festa a casa sua e siamo invitate.»

«Perfetto. Questa sera non voglio sentire parlare di nessuno! Non esiste né Gabriele né Riccardo.»

Azzurra sposta la tendina di plastica e mi guarda come a dirmi "Non ci credo neanche per un attimo". Poi mi sorride.

«Vado al lavoro, Gigi. Ci vediamo stasera!» e poco dopo sento il rumore della porta che si chiude.

Sono arrabbiata con me stessa perché non riesco a smettere di pensare a Riccardo. Non so spiegarmelo.

Ci sono persone che ti camminano accanto per anni e a malapena conosci la loro storia. Avverti la loro presenza, le vedi ma non le senti davvero. Ci accontentiamo di ombre, non di persone, pur di non restare soli.

È così. Riempiamo i vuoti con gente a caso. Copriamo il silenzio con parole inutili. Facciamo rumore, scappiamo, danziamo. Senza dare il tempo a nessuno di guardarci dentro e dire: "Fermati qui un attimo. Con me". Poi, un giorno, uno sconosciuto ti stringe la mano e improvvisamente ti sembra di essere stata risucchiata completamente dai suoi occhi. Come se lui ti avesse percepito davvero, come se con una semplice stretta di mano avesse potuto sfiorare la tua anima.

Forse la mia frustrazione di questa mattina deriva dal desidero di sapere se anche per lui è stato lo stesso. Vorrei sapere se è tutto nella mia testa, ma non posso parlargliene. Devo solo dimenticarlo e dimenticare ogni singola sensazione provata ieri sera.

Sono sotto casa di Martina ad aspettare Azzurra, questa sera abbiamo deciso di uscire in metro, così nessuna delle due dovrà rinunciare a bere per portare a casa sana e salva l'altra. Sono sicura che sarà una bellissima serata, ho lasciato tutti i pensieri a casa, chiusi a chiave nell'armadio. Le feste di Martina sono sempre le migliori e tutte rigorosamente a tema.

È stata la prima persona che ho conosciuto in questa città e il mio punto di riferimento ogni volta che avevo voglia di fare qualcosa di nuovo ed eccitante. Martina è sempre pronta a far pazzie. Lei è una delle persone più incredibili che conosca: piena di vita e con un ottimismo contagioso. Tutti dovrebbero avere una Martina nella propria vita.

Mentre mi sistemo i capelli specchiandomi nel finestrino di un'automobile sento i passi inconfondibili di Azzurra. La mia testa ha voglia di divertirsi ma il mio viso sembra dire altro. Non sono brava a nascondere pensieri e sensazioni, il mio volto li mette sempre in bella mostra come l'enorme display pubblicitario luminoso in piazza Duomo. È veramente un grosso difetto nascere senza la capacità di mentire, o almeno di camuffare.

«Dai, Gigi. Saliamo e andiamo a divertirci!»

Questa sera il dress code è "giungla". Azzurra si è vestita da esploratrice, con giacca e pantaloni écru presi in prestito da qualche scuola di recitazione o comprati in un negozietto vintage, mentre io ho tentato di cucirmi da sola un costume da pavone con tanto di piume colorate.

Arriviamo nell'appartamento di Martina ed è così pieno di gente che non riesco neanche a vederla, forse si sarà mimetizzata nella savana. Dal soffitto scendono davvero delle finte liane e ogni tanto, nonostante la musica alta, si possono sentire rumori della giungla, ruggiti e fruscii di foglie.

Dopo quasi mezz'ora passata a salutare amici ed evitare vecchie fiamme da cui sono scappata senza dire nulla, la vedo avvicinarsi a me con passo felpato e un vestito da tigre.

«Brindiamo a noi, Gigi!»

«Cin cin, tigrotta!»

Nuovamente sento vibrare il telefono. Avrei dovuto spegnerlo, maledizione!

riccardo.russo@gmail.com – 23:15
Ho aspettato tutto il giorno un tuo segnale.
Non ti va di rivedermi?

Le parole di Riccardo risvegliano quello che avevo provato a seppellire nelle ultime ventiquattr'ore. Resto ferma per qualche secondo a chiedermi se rispondere o meno. Le mie dita digitano una risposta per cancellarla subito dopo qualche secondo. Poi penso: "Cosa potrà mai succedere di tanto grave se rispondo a un messaggio?". Lo riscrivo cinque volte, ogni volta una risposta diversa.

Dopo dieci minuti riesco a inviarlo dicendogli che ho avuto una giornata piena di impegni e aspettavo notizie da lui. Ma era prevedibile che la nostra conversazione non sarebbe finita così. Inutile provare a fermare il flusso di parole tra due persone che hanno voglia di parlarsi. E così mi ritrovo a passare la serata in terrazza, in compagnia di un mojito e del telefono.

Il cielo è pieno di stelle, la musica in sottofondo segue i movimenti del dondolo su cui sono seduta, ed è come se lui fosse vicino a me. Ci scriviamo per un tempo infinito in cui mi dice che gli ha fatto piacere incontrarmi di nuovo e che avrebbe voglia di passare un po' di tempo con me, se anche a me sta bene. Certo che mi va, certo che vorrei. Ma a lui non lo dico.

Mi tengo sempre un po' distante. Mi lascio andare e poi mi tiro indietro, una sorta di elastico che un po' mi spinge verso di lui e un po' mi ricorda di restare con i piedi ben piantati a terra. Sono sicura che ognuno di noi racchiuda in sé due anime diverse, che controbilanciandosi trovano un punto di equilibrio, ma nel mio caso è spesso una lotta senza scampo. Adesso, una parte dice di smettere subito e un'altra è già pronta a correre da lui e trascorrere la notte a parlare di quanto sia bello averlo rivisto dopo tanto tempo.

Oramai il mio progetto di non pensare a lui e godermi una serata con gli amici è andato in fumo. Mi guardano tutti in modo strano, chiedendosi cosa ci faccia in un angolo a ridere guardando un cellulare.

«Sicuramente avrai qualche storia delle tue da raccontarmi!» mi dice Martina sorridendo.

E non posso darle torto. Domani pranzo con lui e qualcosa da raccontare a Martina ci sarà sicuramente.

Bene, Virginia, respira.

Domani lo vedrai. Voi due da soli.

È sabato mattina e oggi non si lavora. Finalmente posso riposare. O meglio, potrei. Non è ancora suonata la sveglia che già mi ritrovo con gli occhi sbarrati a guardare il soffitto. Non so bene che ore siano e non voglio prendere il telefono per paura di trovare un messaggio di Gabriele. Ieri sono sparita e probabilmente oggi lo farò di nuovo. Se dovessimo parlare rischierei solo di rovinare le cose. Per il momento, perciò, preferisco fare finta di nulla. Sono una vigliacca, lo so.

Panico e insicurezza mi rendono una cattiva persona, ora lo capisco e sto provando ad accettarlo. Sono cinica, diffidente e terrorizzata dai sentimenti. Incapace di relazionarmi in maniera adeguata con il sesso maschile. Ed eccomi qui con la mia collezione di storie brevi. Innumerevoli e prive di significato, tragiche e, dolorose.

Con Gabriele le premesse erano altre. Speravo davvero fosse diverso, ma (già) sento che sarà il mio ennesimo fallimento. Un altro pezzo di me di cui mi priverò, abbandonato e donato a qualcun altro. E fa sempre più male, perché a furia di spargere pezzi di cuore in giro, a me non ne resta più.

Mi sento sempre più vuota, sempre più fredda. Incapace di provare emozioni, In ogni caso io non sto di certo remando dalla parte giusta, andando a pranzo con un uomo sposato che, vista la mia vena tragi-romantica da film sentimentali, mi farà sicuramente soffrire.

Passo le prime ore del mattino a cercare l'abbigliamento giusto per questa uscita con Riccardo.. Dovrei essere brava a scegliere il vestito giusto, lo so, ma questa volta non riesco, neanche fosse la prima che esco con qualcuno. Ci vuole qualcosa di carino ma semplice, non eccessivo. Dopo varie prove e centinaia di cambi, indosso un vestitino verde acqua, così lungo che copre persino le gambe. Forse mi è sfuggita di mano l'idea di non esagerare! Poi sciolgo i capelli e in un quarto d'ora sono già per strada con il cuore in gola e lo stomaco annodato.

Da sempre Riccardo Russo è l'uomo dei sogni. Quello che vedi una volta in TV o al cinema e inizi a fantasticare su quanto sarebbero belli i vostri bambini che giocano nel giardinetto sul retro mentre tu cucini il suo piatto preferito: lo spezzatino di vitello con patate.

Sapevo chi fosse già prima di incontrarlo in quell'ascensore, ma da allora il mio interesse per lui è cresciuto in maniera spropositata. Conoscevo a memoria i dialoghi di tutti i suoi film, quando cercando online il suo nome scoprii che aveva anche pubblicato due romanzi. Così andai a cercarli subito alla Feltrinelli in Stazione Centrale e li divorai entrambi in un solo week-end. Ero pazza di lui, ancora prima di incontrarlo dal vivo. Forse ancora prima di scoprire che effetto fa sfiorare il corpo nudo di un altro individuo. Mi sono sempre chiesta se l'idea che mi ero fatta di lui corrispondesse alla realtà. Il suo modo di parlare e il suo modo di scrivere sono di un altro mondo. Le storie che racconta sono così piene di passione e di amore che ti viene quasi spontaneo credere in quei sentimenti così sconosciuti per me.

Un uomo "normale", non una bellezza che stravolge: alto, robusto, capelli scuri con qualche pennellata di grigio e occhi verdi e profondi. Probabilmente in una strada affollata non lo si noterebbe nemmeno ma, quando apre bocca, qualsiasi cosa dica diventa una sinfonia che ti penetra nell'anima. Non ama gli eventi mondani, preferisce la solitudine, dice, trascorrere il tempo a leggere, viaggiare per il mondo, scattare fotografie.

L'appuntamento è al parco Indro Montanelli, davanti al Planetario. Mi guardo intorno e penso che non ci sia cornice migliore per il nostro incontro. È uno dei parchi di Milano che preferisco. In quei giorni in cui il clima lo permette vengo qui a passeggiare. Con la musica nelle orecchie vago senza una meta e mi piace guardare chi fa jogging, i bambini che giocano o le vecchiette che portano a spasso i loro cagnolini, immaginando le vite che ci sono dietro ogni singola persona.

Il vento inizia a cullare le foglie degli alberi, che schermano il sole rendendo quasi piacevole questa calda giornata d'inizio estate. Sono impaziente e agitata, ma non ho il tempo di riflettere troppo perché Riccardo è lì, davanti a me, con un libro in mano. Mi guarda, sorride, chissà a cosa pensa. Cosa sta provando in questo istante? Per quanto riguarda me, il cuore batte all'impazzata.

«Ero convinto arrivassi in ritardo, quindi ho fatto una tappa in libreria» mi dice mostrandomi il libro appena comprato: La vampira della porta accanto di Christopher Moore.

«Ah, bene. Lo hai comprato pensando a me?» gli dico in tono scherzoso, provando a sciogliere la tensione.

Lui ride. Non mi sembra particolarmente agitato, anzi, lo vedo felice di essere qui con me. Poi mi guarda e mi chiede se ho voglia di fare un giro. Annuisco e iniziamo a passeggiare per il parco.

Riccardo parla senza sosta e per la prima volta non ho voglia di interromperlo. Mi racconta di sé, della sua vita e del suo lavoro. Mi piacciono la sua sicurezza e la sua aria da uomo maturo. Non sono mai uscita con un uomo più grande di me. Anzi, non sono mai uscita con un uomo, e non nego di essere un po' a disagio.

Mi porta alla scoperta di Milano, dei suoi palazzi e di luoghi che non avevo mai visto. Usciamo dal parco e continuiamo a camminare senza sosta. Inizio a vedere Milano con i suoi occhi, con il suo entusiasmo e amore. Scoprire una città con chi ci è nato e cresciuto diventa più intenso, più vero. Poi mi chiede di me, ha voglia di conoscermi e io mi ritrovo un po' impacciata. Sono sempre stata timida con gli uomini, ma con lui mi scopro addirittura intimorita, come se volessi a tutti i costi risultare perfetta. Di fronte a uno come lui, che vive tra palcoscenici e schermi cinematografici, la mia vita da stilista risulta quasi noiosa. Eppure lui sembra affascinato dalle mie parole. Mi ascolta, e spesso non mi lascia neanche finire di rispondere che ha subito pronta una nuova domanda.

«Sei stato magnifico a teatro l'altra sera. Che programmi hai, adesso che è finita la tournée?» gli dico per riportare l'attenzione su di lui.

«Sto già girando un nuovo film, una storia d'amore. È la prima volta che mi cimento con un argomento così spinoso.»

«Perché dici così? Ho letto uno dei tuoi libri» ribatto, sapendo di dire una mezza verità «e non mi sembra che l'amore sia un argomento per te complicato da affrontare.»

«Ah, davvero hai letto un mio libro? Non ti chiedo cosa ne pensi, perché non ho voglia di parlare di me. E poi nei libri, come nei film, è tutta finzione, sono soltanto personaggi inventati. Tu invece, oggi, sei reale. E sei l'unico romanzo che leggerei.»

Io resto nuovamente pietrificata dalle sue parole.

Insieme, il tempo vola e a un tratto mi rendo conto, guardando il cellulare, che è già pomeriggio. Avremmo dovuto pranzare insieme e invece, così saturi di emozioni, ci siamo dimenticati di sederci a mangiare qualcosa. Lui, il parco, le strade inesplorate di Milano. Il mio corpo non sente più il caldo, né la fame né la sete.

Camminiamo tanto, come se il sole ardente di giugno non ci toccasse. Arrivati davanti a un piccolo bar, lui mi guarda cercando sul mio viso un cenno di conferma. Così entriamo e mi siedo sullo sgabello al centro della sala.

«Due frullati di frutta, per favore» chiede al barista.

Io sorrido e mi sembra quasi che il mondo possa essere racchiuso qui: un frullato di frutta e noi due l'uno di fronte all'altra. Ma il mio lato razionale è continuamente in lotta con l'altra metà. So che non posso lasciarmi andare, eppure sono sempre più convinta che un minuto passato con lui valga più di qualsiasi principio morale. Sembra tutto un sogno: lui, l'atmosfera, i suoi occhi che non si staccano dai miei. Riccardo è davvero come lo immaginavo. E improvvisamente mi rendo conto che esiste davvero in questo mondo qualcuno capace di sorprendermi. Sveglia, Gigi! grida la mia testa. Smettila di fantasticare.

Mi parla dettagliatamente del suo nuovo film e il suo modo di farlo mi catapulta quasi nella storia. La sua capacità di trasportarmi ovunque le sue parole vogliano è spaventosamente sorprendente. Poi mi racconta dei suoi ultimi viaggi e un po' lo invidio, io dedico la mia vita al lavoro senza concedermi mai una vacanza. Ed è bravo, maledettamente bravo anche come fotografo.

«Io viaggio soltanto per lavoro. Ma non posso lamentarmi: tra un po' andrò a New York!»

Gli racconto del progetto e, mentre lui segue attentamente tutte le parole che escono dalla mia bocca, io già mi vedo con lui, come in uno dei suoi film, per le strade della Grande Mela, mentre passeggiamo alla scoperta di ogni angolo nascosto. Sento i rumori frenetici della città e il suono intermittente delle sirene dei pompieri, il vocìo confuso della gente in decine di lingue diverse. E le sue braccia che mi avvolgono e provocano brividi attraverso tutto il mio esile corpo. E in quel momento, proprio quei brividi mi riportano alla realtà e senza pensarci troppo cambio discorso accennando a sua moglie.

«Bella questa maglietta. Sicuramente è un regalo di tua moglie. Voi uomini non avete tutto questo buon gusto.»

Lui sorride con un leggero imbarazzo come se sperasse che io non fossi al corrente della sua esistenza, come se le riviste patinate non ne avessero mai parlato. Non si sofferma sulla maglietta, ha già capito in che direzione volevo andare. In quel momento inizia a giustificarsi, come se si rendesse conto per la prima volta di quanto sia sbagliato essere qui in questo momento con me. Dice che la loro storia è iniziata ai tempi dell'Università. Lui studiava recitazione e lei era la sorella di un suo compagno di corso. Ma il suo sentimento, dopo vent'anni, non può definirlo "amore" dice che è soltanto stima e affetto nonostante lei sia innamorata come il primo giorno.

«Non ho mai creduto nel vero amore, nel colpo di fulmine» mi dice. «Nella mia vita c'è sempre stata lei, non mi sono mai guardato intorno. È la madre dei miei figli, la conosco da tutta la vita e per me è un punto di riferimento. Eppure a volte sento di essermi perso qualcosa, sento che la passione è un'altra cosa…

A me viene in mente subito la mia storia con Gabriele e lui, come se mi leggesse nel pensiero, mi chiede invece se c'è qualcuno nella mia vita.

Inizialmente resto sul vago, come ogni buona vigliacca farebbe. Poi, dopo il suo sguardo da "vedi che ti leggo dentro, smettila di mentire", decido di interrompere la mia recita e gli racconto di Gabriele, dei dubbi che mi assalgono in questo periodo, e più ne parlo e più mi è chiaro quello che devo fare con lui.

«Credevo potesse essere amore, pensavo di aver trovato la persona giusta, sai? Quella di cui tutti parlano. Lui è così dolce, premuroso, attento. Credevo che fosse arrivato il momento di aprirmi finalmente a qualcuno ma ora non ne sono più sicura. È un bravo ragazzo, non c'è nulla di sbagliato in lui... è solo che è sbagliato per me, capisci?»

«Quando ami qualcuno lo sai. Non hai bisogno di mettere su carta pregi e difetti. Non ti chiedi se ami e perché. Lo senti e basta» mi dice Riccardo.

E io sento che, nonostante Gabriele sia un ragazzo perfetto, non fa per me. Miss Imperfezione ha bisogno di altro. Forse di qualcuno che la porti a passeggiare al parco, qualcuno con cui bere un frullato. Il più buono di tutta la sua vita.

Non posso negarlo, passare del tempo con Riccardo è la cosa più bella che mi sia capitata. Mi fa stare bene e mi piace. Il modo di parlare, il tono della voce, quel gesto quasi inconsapevole di toccarsi il naso quando prova a esprimere un concetto complesso. E poi il modo in cui mi guarda. Non ne sono certa ma prima, mentre cercavo il cellulare nella borsa, mi stava osservando come se fossi la cosa più bella che avesse mai visto. Forse anche lui sente qualcosa, ne avverto le vibrazioni. Forse. Ma non ha importanza.

Guardo l'orologio. «È tardissimo! Devo proprio andare» esclamo.

«Resta un altro po'. Casa mia è proprio qui dietro, se hai voglia di salire.»

E io resto in silenzio per qualche secondo. Fisso l'asfalto senza avere il coraggio di guardarlo in faccia. Non mi aspettavo questa domanda, non oggi, non così presto. Allora penso alle parole di Azzurra e mi rendo conto che anche stavolta aveva ragione. Cosa poteva mai volere da me un uomo sposato? Non aveva di certo bisogno di compagnia per bere un frullato.

«Vuoi farmi conoscere la tua famiglia?» gli rispondo sarcasticamente.

Lui capisce di avermi offesa con la sua proposta e prova a chiedere scusa. «Perdonami. Erano anni che non uscivo con una donna che non fosse mia moglie. E poi tu sei tutto quello che ho sempre desiderato, così per un attimo ho completamente perso il senso della realtà.»

Io mi sento in imbarazzo, e il senso di disagio svanisce. All'improvviso mi sento lusingata dalle sue parole, capisco che mi desidera. Adesso è l'uomo dei miei sogni a sentirsi attratto da me ed è tutto surreale.

Ma è davvero tardi e io devo andare. Gabriele mi ha scritto poco fa, dice che vuole portarmi a cena, e io devo smetterla di scappare. È arrivato il momento di affrontare la realtà. O forse sarà lui il primo a farlo.

Riccardo mi chiede nuovamente di restare, ma io ho paura di quello che può succedere, devo andarmene prima che sia troppo tardi. I suoi occhi sono magnetici e non posso rovinare tutto ora. Probabilmente se passassi altro tempo qui con lui finirei per farmi convincere a salire e andrebbe contro ogni legge morale.

«Sono solo fino a domani sera. Se ti va facciamo un altro giro insieme. Fatti sentire!»

Sorrido e mi avvio a passo svelto verso la fermata del tram.

Dove stiamo andando?

Sono a casa e sto provando a levarmi di dosso tutte le emozioni di questa giornata. Lo sento addosso, lo sento dentro.

Stasera Gabriele vuole portarmi nel mio ristorante preferito, The Botanical Club in Via Tortona. Lui mi porta fuori e invece io sto cercando il coraggio di lasciarlo.

Perché mi sento in colpa? In fin dei conti non stiamo davvero insieme. Dopo quanto tempo si può dire di stare con qualcuno? Che, poi, cosa vuol dire stare insieme? Chi ha deciso che ogni essere umano debba incatenarsi a un altro senza possibilità di togliere il lucchetto alla catena? Io e Gabriele abbiamo passato tre mesi insieme, di cui due vedendoci solo tre, o forse quattro volte.

Ma è inutile inventare scuse per sentirmi meno stronza. Sono soltanto la solita instabile che ha perso la testa per una stretta di mano. Sono sempre la stessa, solo che stavolta ho resistito qualche settimana in più invece di troncarla al terzo appuntamento.

Non riesco a legarmi davvero, non riesco a concedermi e abbandonarmi, o almeno non con lui e non adesso. Anche perché mi sento attratta da un altro uomo.

Le persone che ho frequentato sono sempre state un passatempo, un giocattolo o un nuovo accessorio, come una spilla da appuntare alla giacca soltanto per un paio d'ore prima di riporla per sempre in un vecchio portagioie. Braccia tra cui passare qualche ora, senza desiderare o cercare un compagno con cui affrontare il mondo.

Fino a oggi. Perché Riccardo è la sfida, è la scoperta di un mondo diverso dal mio. Vederlo con i suoi occhi è come scoprirne uno totalmente nuovo. Tutto quello che ho sempre immaginato, tutto quello che ho sempre visto da lontano, da spettatrice, ora riesco a toccarlo con mano. Stare con lui sarebbe svegliarsi la mattina e dire "Cosa posso fare oggi per sorprenderlo?".

Il suono del citofono mi riporta alla realtà. Gabriele è arrivato e io fortunatamente sono già pronta. Prendo la borsa, scendo le scale rischiando un paio di volte di cadere dai tacchi, ma riesco ad arrivare al portone tutta intera. Lui è lì che mi aspetta, bello come il sole. Decisamente, ho degli ottimi gusti in fatto di estetica maschile. Gabriele è il classico nordico, biondo e con un fisico atletico e imponente. Un passato da giocatore di rugby e due mani che ti spediscono direttamente in paradiso. Ecco un'altra cosa da segnare in agenda, Gigi: mai confondere l'attrazione sessuale con l'amore. Non puoi. Devi smetterla, altrimenti continuerai a collezionare teste di bei ragazzi da appendere in salotto come trofei.

Stasera ha messo la camicia blu, la stessa che aveva il giorno in cui ci siamo conosciuti a Parigi. E mi sento un po' in colpa. Per non essere stata sincera, per non essere la persona che lui merita di avere accanto. La persona che io stessa vorrei essere.

Apre la portiera della macchina per farmi salire, si siede al posto di guida e mi bacia senza lasciarmi il tempo di parlare. Poi sorride. Il suo sorriso mi lascia sempre senza parole, ma io sono troppo stupida per capire quel che ho tra le mani. L'automobile sfreccia sulle strade mentre il tramonto crea pennellate di colore, dense e confuse, quasi a voler mostrare a tutto il mondo come mi sento.

Lui continua a sorridere mentre stringe la mia mano, ma io sono altrove. Non so dove, ma non sono qui. Non in questo momento. Non con lui.

«Gigi, cosa c'è?» mi chiede e leggo in quegli occhi la sottile paura di chi già sa la risposta.

«Niente, Gab, sono solo stanca. Sai che è un periodo di grande stress al lavoro» mento.

Lui sorride. Non so se ci abbia creduto.

Parcheggia la macchina e mi tiene per mano lungo l'intero tragitto dall'automobile al ristorante. Se potesse non la lascerebbe neanche mentre prendiamo posto al nostro tavolo. Si siede di fronte a me e ordina una bottiglia di vino bianco, mentre il cameriere ci sorride perché sa già perfettamente quello che ordineremo: Avocado toast, poké di salmone e polpo a la plancha. Da quando sono tornata a Milano veniamo in questo posto una volta alla settimana, si trova a pochi passi da casa di Gabriele e lui spenderebbe tutti i suoi risparmi piuttosto che provare a cucinare per me.

Quando passo il tempo con lui mi rendo conto di star bene, ma non come meriteremmo entrambi. Provo a fingere che vada tutto bene mentre lui mi chiede della mia giornata. Io non posso dirgli dove sono stata, gli spezzerei il cuore, ma allo stesso tempo non riesco a smettere di pensare a Riccardo.

Sono una persona sensibile ed estremamente volubile quando si tratta di sentimenti. Ho sempre bisogno di emozioni forti. E quando qualcuno riesce a farmele provare, ne divento dipendente.

Mi innamoro di una voce, di un suono, delle immagini, degli odori, delle parole. A volte mi scavano talmente dentro che non posso fare altro che arrendermi. E non ho scelta. Mi innamoro di quelle parole, che sono la cosa più irreale di cui ci si possa innamorare.

Riccardo – 21:45
Vieni da me ora. Ti prego!

Controllo il telefono e trovo il messaggio di Riccardo. Il cuore si ferma. Mi sembra tutto così assurdo. Cosa vuole da me adesso?

Lo ignoro lanciando il cellulare nel fondo della borsa. Ma qualcosa sul mio viso cambia, perché Gabriele mi chiede subito se ci sia qualcosa che non va. E io mento, di nuovo. Sono completamente assente e passo la serata in silenzio. Non riesco neanche a fingere, forse non ci provo nemmeno. Ma lui continua a parlare, dice qualcosa riguardo a una borsa di studio all'estero ma ho una tale confusione in testa che le sue parole arrivano alle mie orecchie in ordine sconnesso.

«Ti vedo davvero stanca, Gigi. Forse è meglio se ti riaccompagno a casa» mi dice con tono rassegnato.

«Dormi da me stanotte!» gli ordino mentre mi riaccompagna a casa.

E il mio è un grido di aiuto, un ultimo tentativo di risvegliare il mio sentimento. Un'ancora lanciata con la disperata speranza che trovi terra. Ma non funziona così. Non abbiamo la capacità di scegliere quali sentimenti provare e soprattutto per chi. Perché se fosse facile, se potessimo fare una scelta razionale, allora terremmo con noi la persona che ci dà serenità e sicurezza. E quella persona in questo momento è davanti a me, nuda sul mio letto, che mi sorride e muore dalla voglia di avermi addosso.

Mi sveglio con l'odore del caffè che aleggia per tutta la casa. Ancora addormentata e senza vestiti, barcollo verso la cucina sperando di trovare Gabriele. Ma lui non c'è.

Trovo soltanto la sua copia delle chiavi, il caffè caldo, una brioche integrale – la mia preferita – e un biglietto:

Se avessi avuto la possibilità di scegliere e fare quello che il mio cuore desidera, sarei rimasto abbracciato a te per sempre. Se mi avessi dato l'occasione di entrare nel tuo mondo, ne avrei fatto parte portando tutto l'amore che ho.

Ma hai deciso di chiuderti, di costruire un muro tra di noi che io non ho i mezzi per abbattere.

Vado a Boston per otto mesi. Avrei voluto dirtelo ieri a cena, oppure in una delle tante sere in cui ti ho chiesto di venire da me e tu hai rifiutato per via dei tuoi irrinunciabili impegni. Avrei voluto dirtelo stringendoti le mani e chiedendoti di venire con me. Ma non ci vuole molto a capire che mi stai evitando. Prenditi il tuo tempo per capire se conto ancora qualcosa per te.

A presto. Gabriele

Dovrei sentirmi distrutta o sollevata? Dovrei chiamarlo o lasciare che vada via?

Mi siedo a terra, il mio corpo si fonde con il pavimento che ora è freddo quanto il mio cuore.

Non sento nulla. Come se tutto si fosse fermato. Persino il sangue nelle vene ha interrotto la sua corsa ed è immobile in attesa del semaforo verde. Mi sento incapace di pensare e di prendere una decisione. Quando ho qualcosa tra le mani la trascuro, la do per scontata e me ne dimentico. Poi, quando la perdo, inizio a piangere come una bambina che rivuole indietro la sua Barbie.

Ma questa volta non ho intenzione di fare capricci, devo lasciarlo andare. Non mi ero resa conto di quanto fossi importante per lui, non gli ho mai dato modo di parlarmene. Sempre così concentrata su me stessa senza mai chiedermi chi fosse la persona con cui ho passato gli ultimi mesi della mia vita. Provo a chiamarlo, vorrei almeno augurargli buon viaggio e dirgli che non è colpa di nessuno se non ha funzionato. Ma lui non risponde e io sono troppo orgogliosa per ricomporre il suo numero. Ho distrutto tutto, di nuovo e irrimediabilmente. Ma non potevo fare diversamente. Non ho avuto il coraggio di lasciarlo, mentre lui sì. E dopotutto era quello che volevo, la strada più facile per me che non ho avuto il coraggio di dirgli che già avevo in testa un altro.

Imparerò mai a esprimere apertamente quello di cui ho bisogno? Meglio agire i cambiamenti che subirli, ricordatelo per la prossima volta Virginia!

Non so quanto tempo sia passato dal momento in cui il mio corpo vuoto ha toccato il pavimento fino a quello in cui ho trovato la forza di alzarmi e farmi una doccia. Forse un minuto o forse un'ora. Gabriele è sparito, senza dirmi addio guardandomi negli occhi, e una parte di me è sollevata. Sono libera di fare quello che desidero davvero, senza sensi di colpa.

Prendo il telefono e chiamo Riccardo.

«Ciao, sono Virginia. Sei libero oggi, vero?»

«Prendi la bicicletta e raggiungimi sotto casa. Via Senato, 19. Ti aspetto lì!»

Così butto giù il telefono e scendo di corsa in cantina. Ho già il fiatone dopo aver fatto le scale e mi chiedo con quali forze riuscirò a pedalare. Non prendo la bici da almeno tre anni ed è totalmente ricoperta di polvere. Me la regalò mia madre per il compleanno, con la speranza di farmi alzare il culo dalla scrivania ma io odio qualsiasi cosa si avvicini all'attività fisica e non l'ho mai usata. Virginia, cosa non faresti per un paio di occhi verdi, eh?

Così la ripulisco velocemente ed esco di casa, pedalando impacciatamente. Scappo di nuovo dai miei pensieri, mi allontano veloce dai problemi, pedalo verso l'ignoto. In dieci minuti sono sotto casa sua e lo trovo appoggiato al portone con una sigaretta in mano e il cellulare nell'altra.

«Buongiorno!» esclamo scendendo dal mio nuovissimo mezzo di locomozione.

Lui alza lo sguardo al suono della mia voce, come sempre. Sembra un bambino la mattina di Natale, i suoi occhi brillano quando mi guarda. Nessuno mi ha mai guardato così.

Mi porge un girasole e mi dice: «Questo è per te. Ma il fiore sono io. Tu sei il mio sole!».

Io sorrido senza riuscire a dirgli uno straccio di parola, perché frasi del genere le ho sentite solo nei film e lui mi spiazza con ogni suo gesto.

«Principessa, tieni anche questa bottiglietta d'acqua. Ti servirà oggi.»

Lo ringrazio per la sua premura e lui mi fa segno di seguirlo, così comincio a pedalare. Non so dove mi stia portando e non glielo chiedo. Mi lascio guidare nuovamente da lui, mi immergo nella città vuota in una rovente domenica di giugno. Non avevo mai visto Milano in questo modo e oggi mi sembra persino più bella. La guardo e assaporo la sua vera anima, sento sulla pelle il suo calore, respiro l'aria densa.

Pedaliamo per un po', forse per un'ora, e ogni tanto lui si gira a guardarmi. Sorride e mi prende in giro per la mia andatura lenta. Sono fuori allenamento e ho il fiatone.

«Sei imbarazzata?» mi chiede.

Sì, e mi rendo conto che non riesco a nasconderlo.

Mi sento attratta da lui e continuo a vergognarmene.

«Sono soltanto stanca, ci fermiamo a bere qualcosa?» gli propongo facendo finta di non aver capito la sua domanda.

Lui annuisce e mi aiuta a mettere la catena alla bici. In quel momento le sue mani sfiorano le mie ed ecco di nuovo quel brivido. Mi allontano subito e fingo di cercare il telefono nella borsa. Sono più agitata di ieri e non riesco neanche a guardarlo negli occhi. Non sono brava a nascondere le mie emozioni, quello che mi viene meglio è scappare, quindi mi dirigo verso l'ingresso del bar.

Trovo un tavolo accanto alla vetrina e mi siedo, lui fa lo stesso. Ordino un tè freddo, Riccardo invece sceglie una macedonia di frutta.

Poi si gira verso di me e dice: «Penso di aver perso la testa per te. Non faccio altro che pensarti dal momento in cui ti ho rivista.»

Lo dice con una tale spontaneità che mi spiazza. Ma non posso lasciarmi andare.

«Non dire cazzate, Riccardo. Hai cose più importanti a cui pensare!» gli rispondo, alludendo alla sua famiglia e abbasso di nuovo lo sguardo.

Cambio discorso, provando a non pensare al fatto che io provo esattamente quello che prova lui. Lo osservo mentre assaggia la sua macedonia e la inonda di crema al cioccolato. Mentre mangia una goccia gli cola dalle labbra, come fosse un bambino, e sembra più umano, quasi buffo. Il mio sguardo si sofferma su di lui e memorizza i dettagli del suo volto. Ma cosa ci faccio qui con lui? Finiamo di far merenda guardandoci, senza dire una parola.

All'improvviso si alza e mi dice: «Andiamo via. Ho voglia di portarti al parco». E si fionda fuori dal bar. Continuo a pedalare, continuo a seguire la scia del suo profumo che mi sta facendo perdere la testa.

Gira verso Parco Sempione e io mi fermo, dicendo a lui di fare lo stesso. Scendiamo dalle bici, buttandole a terra, davanti a un irrigatore acceso all'ingresso del parco. Allora io gli prendo la mano e lo tiro dentro quella tempesta di pioggia artificiale con me. E siamo lì, sotto gli irrigatori, bagnati e sorridenti. Lo abbraccio, lui mi stringe i fianchi. Percepisco il suo desiderio, che passa dalle sue mani fino fin dentro il mio ventre. La mia mente si svuota di tutti i pensieri e le paranoie. E mi sento felice.

Se potessi scegliere un momento della mia vita da rivivere all'infinito, sarebbe questo. Io e lui, ancora sconosciuti, con il timore di non piacere abbastanza all'altro e con la curiosità di scoprire la reazione dei nostri corpi che si sfiorano. Due estranei, già affamati l'uno dell'altra. Poi, improvvisamente l'acqua non c'è più. Quell'uragano di sensazioni si placa, il mondo torna al suo posto e lui mi guarda. I suoi occhi, verdi e intensi, cercano le mie labbra. Ed ecco tornare nella mia testa quel segnale lampeggiante di pericolo che mi esorta a scappare. Lui si avvicina a me lentamente, fa per baciarmi ma io mi scanso e corro via verso il parco.

Riccardo mi segue senza dire nulla e ricomincia a parlare, senza mai accennare a quel momento. Continuiamo a passeggiare, come se non avesse mai provato a baciarmi. Come se io non avessi mai pensato di baciarlo. Guardo l'orologio e mi rendo conto che è tardi. Azzurra mi aspetta per cena, vuole sapere tutti i dettagli della mia vita. Nell'ultima settimana mi è successo tutti quello che non mi è capitato negli ultimi trent'anni ed è così assurdo.

«Devo andare, Riccardo!» dico io.

Lui mi abbraccia.

«Se proprio devi, va bene!»

Non devo, Riccardo, ma devo.

Ti ho detto che non mi manchi.
Tu me lo hai chiesto, e io ti ho risposto.
«Ti manco ogni tanto?»
«No, Riccardo. Non mi manchi più.»
Ma è una bugia.
Mi mancano i tuoi capelli scuri tra le mie dita.
I tuoi occhi verdi e profondi quando mi guardano.

La forma del tuo viso, il tuo collo, le tue spalle e la tua schiena.
Mi manca il sono lieve del tuo respiro.
Il rumore che fa il tuo cuore quando batte e io sto lì ad ascoltarlo con testa appoggiata al tuo petto.
Mi manca la gioia di averti e la paura di perderti.
Mi manca la sensazione che provo tornando a casa con la consapevolezza che ti troverò ad aspettarmi, quando la stanchezza della giornata sparisce e resta soltanto l'emozione di rivederti.
Come se fosse la prima volta.
Mi manca guardarti cucinare.
Mi manca guardarti e basta.
Mi mancano persino il profumo del detersivo dei tuoi panni, anche se so che il bucato l'ha fatto lei. Mi manca passeggiare con

te quando c'è il sole e mi manca abbracciarti sotto la pioggia.

Oppure quando non piove ma fa così freddo che tu vorresti solo scappare a casa mentre io non sento più niente perché è questo che mi succede quando sto con te: non sento più niente.

Non esiste più niente.
Solo tu.
Solo noi.
Quindi sì, mi manchi anche tu.

Ma non te lo dirò mai.

È passato un mese da quando Gabriele è andato via. Nessun messaggio, chiamata o e-mail. E non mi sorprende, perché è così che finiscono sempre le mie storie. Il cervello cancella e resetta tutto come se fosse un computer, e gli uomini che sono passati nella mia vita finiscono nel cestino, dimenticati.

Nessun ripensamento, nessun senso di colpa.

Mi chiedo quanto sia positivo essere così. Sicuramente mi risparmio tante sofferenze, la tristezza del distacco, il tormento della gelosia. Ma a volte credo che finirò come la mia vicina di casa, scorbutica, sola e sommersa da gatti. Ovviamente non è mancata la chiamata di mia nonna, informata subito dei fatti da mia madre: «Tu non sei furba, non sai tenerteli gli uomini! Dovresti imparare da tua sorella Beatrice. Lei sì, che sa come si fa!».

Come se a me interessasse tenermi un uomo a tutti i costi. Per quale motivo? Per non restare sola? Be', alla fine siamo sempre sole. Mia sorella Beatrice ha sposato un imprenditore, sempre in viaggio all'estero. Si vedono, se tutto va bene, due volte a settimana. E io non capisco come faccia a essere felice così.

Davvero nonna? Credi che io invidi tutto questo. Preferisco avere il letto vuoto la notte piuttosto che stare con un uomo invisibile! O forse ci sono cascata anche io. Virginia ha finalmente il suo uomo invisibile. A 10.000 chilometri di distanza o a 890 metri poco importa, saremo sempre sole.

Mancano due settimane alle ferie e conto i giorni, che sembrano non passare mai. O forse quello che in realtà aspetto è settembre, perché non vedo l'ora di rincontrare Riccardo. Lui starà via tutto il mese per lavoro e non passa momento in cui non mi penta di non averlo baciato quel giorno perché ora, invece, lo desidero da morire. Ogni centimetro del mio corpo desidera ogni centimetro del suo.

Sono settimane che viviamo attaccati al telefono. Lui mi racconta quello che fa, mi parla della sua vita e di quello che avrebbe voglia di fare con me. Io lentamente sto provando ad aprirmi un po' di più e cerco di parlargli di me. Anche se raccontarmi è la cosa che mi viene più difficile. La distanza aiuta a sentire meno l'imbarazzo, perché lascia tutto su un piano irreale. Se lui non è qui e non posso vederlo, non potrà mai succedere nulla di sbagliato.

Come se le parole non fossero di per sé uno strumento di seduzione. Sono diventata dipendente dalle sue e non riesco più a farne a meno. A volte sono così profonde che finisco per fare l'amore con loro.

Mentre il mio corpo lo desidera totalmente, la mia testa continua a respingerlo e a tentare disperatamente di scappare. Dove mi porterà tutto questo? Perché non riesco a vedere le potenzialità distruttive di questa relazione?

L'ultima volta che l'ho visto era il 12 luglio, il compleanno di Azzurra. Qualche giorno prima mi aveva chiesto di passare da lui perché aveva una cosa da darmi. Non era passato molto dall'episodio del bacio. Io ero ancora scettica e piena di dubbi. Credevo volesse vedermi per prendersi quello che non aveva avuto qualche giorno prima. E non ero l'unica a pensarlo.

«Gigi, cosa vorrà darti Riccardo, eh?» mi dice lei ridendo «Io posso solo immaginarlo. Tu non essere la solita ingenua!»

«Dai, Zù. Cosa dici? Magari vuole davvero farmi un regalo!»

In fondo la pensavo anche io come lei. Ma ero curiosa di sapere cosa volesse darmi. Aveva passato del tempo a cercare qualcosa che potesse piacermi? Oppure avrebbe voluto che io avessi qualcosa che piaceva a lui? Non andai da lui quel pomeriggio. Mi presi del tempo per trovare il coraggio. Coraggio di ammettere che mi piaceva e che volevo anche io quel bacio che avevamo perso.

Dopo qualche giorno lo chiamai per dirgli che casualmente quella mattina sarei passata dalle sue parti e andai da lui alle sette in punto. Ovviamente casa sua non era di strada e dovevo essere puntuale in ufficio per partecipare a una riunione quindi mi svegliai un'ora prima soltanto per vederlo. La curiosità mi stava uccidendo, più forte della voglia di restare a letto più a lungo possibile.

Mentre camminavo verso casa sua lo vidi appoggiato al cancelletto, come la mattina del giro in bici. Fumava, come sempre, e in una mano teneva un pacchetto rosso. Aveva davvero un regalo per me!

Appena mi vide, fece un ultimo tiro prima di gettare la sigaretta e facendo un passo verso di me lentamente posò il dono tra le mie mani.

«Pensavo non ti avrei mai più rivista» disse. Poi mi

strinse forte. Stare tra le sue braccia è la cura a tutti i miei mali. «Questa sera parto sarò in giro tra la Francia e la Sardegna per le riprese del nuovo film. Resterei in città soltanto per avere la possibilità di incrociare il tuo sguardo in mezzo alla gente» mi disse. «Pensami ogni tanto e non dimenticarti di me. Spero di rivederti quando tornerò.»

Non ci baciammo come avrei o, forse, come avremmo voluto. Eravamo troppo vicini a casa sua e qualcuno avrebbe potuto vederci. Ci lasciammo con la promessa di continuare a sentirci e di vederci alla fine della stagione.

Non aprii subito il pacchetto, aspettai il tram provando a ripararmi sotto un albero per sfuggire al sole rovente. Per un po' lo strinsi gelosamente tra le mani ma poi, vinta dalla curiosità, squarciai la carta rossa per scoprire cosa ci fosse al suo interno. Tirai fuori un libro: La vampira della porta accanto. Sorrisi. Lo stesso che aveva tra le mani la prima volta che uscimmo insieme.

Milano, 12 luglio 2013
Fra le pagine di questo libro ho trovato qualcosa che ti racconta.
Forse perché l'ho comprato il giorno che ti ho incontrata.
Forse perché è davvero poco quello che conosco di te.
Vivi in pienezza i giorni a venire. Splendi.
Perché più forte sarà la tua luce, più seguirla sarà facile per un vecchio girasole come me.
Riccardo

Iniziai a leggerlo subito e lo divorai in pochi giorni, come se dentro ci fosse qualcosa di lui. Sapere che quelle parole le aveva lette lui poco prima di me, magari pensandomi, mi dava l'illusione di averlo accanto. Come se il libro ci legasse. Adesso mi pento di tutto. Di non essere salita a casa sua il primo giorno, di non essere rimasta un po' di più ad abbracciarlo. Di averlo evitato per giorni dopo che aveva provato a baciarmi.

A cosa è servito scappare pur sapendo che prima o poi ci sarei cascata? Lo sapevo dal principio, lo sapevo da quando restammo bloccati nell'ascensore. Eravamo destinati a incontrarci. Doveva succedere prima o poi. Adesso l'idea di dover aspettare un mese per vederlo mi corrode l'anima. Non ce la faccio. Non è solo la voglia di stringerlo e di baciarlo, il desiderio di lui. Sento anche il bisogno di chiarire quello che provo, capire se i sentimenti che stanno nascendo in me sono reali.

Ma cosa penso di ottenere vedendolo? Cosa pretendo da una persona sposata? Che da domani lasci tutto perché ha preso una sbandata? Che metta a rischio tutto ciò che ha costruito solo per il sorriso di una sconosciuta incontrata in ascensore?

So che è tutto maledettamente sbagliato. Vedersi vorrebbe dire piacersi e magari anche baciarsi. Ma non potrà mai essere soltanto un bacio, perché poi inizieremmo a desiderare di più e sarebbe la fine. Nonostante tutto però non riesco a fermarmi. Sono già andata oltre. Sapevo già dall'inizio a cosa sarei andata incontro. Voglio vederlo!

Così lo chiamo e provo a parlargli della mia intenzione di andare da lui in Sardegna nel week-end. Lui non ha un attimo d'esitazione e impazzisce di gioia alle mie parole. Non c'è più nulla che possa fermarmi, non ha più senso rimandare. Nel giro di pochi minuti ho già nella casella di posta, un biglietto per la Sardegna della compagnia Meridiana.

«Voglio solo starti addosso e baciarti. Parlarti, guardarti, toccarti... Dio, quanto ti voglio toccare...» mi dice al telefono.

«Vorrei che fosse già domani.»

È sabato mattina e mi sveglio molto presto. È inutile restare a letto, perché nella mia testa continuo a immaginare il momento in cui lo rivedrò. Mentre faccio colazione inizio a parlare da sola, come se stessi provando le battute di uno spettacolo. Se potessi vedermi dall'esterno, sicuramente riderei di me. Poi mi alzo e corro verso il citofono, qualcuno sta bussando.

«Ehi, piccolo disastro! Aprimi, che sto salendo da te» squilla una voce all'interno dell'apparecchio.

Azzurra si è svegliata presto anche di sabato, il suo giorno sacro, ed è venuta da me perché vuole accompagnarmi all'aeroporto. Mi sembra così assurdo, normalmente mi direbbe di rinchiudermi in casa e non vederlo mai più per nessun motivo al mondo. Infatti ho avuto paura a comunicarle la mia decisione di partire, le ho raccontato delle due giornate con Riccardo soltanto dopo un paio di birre. Mi aspettavo un altro tipo di reazione ma lei si è limitata ad ascoltarmi senza giudicare. Credo che scorga una luce diversa nei miei occhi: per la prima volta mi vede felice.

Prendo la mia valigia e inizio a riempirla come se dovessi stare per mesi da lui. Di nuovo non so cosa mettere, non so davvero come voglio che lui mi veda.

«Stai perdendo tempo, Gigi. Passerai ventiquattr'ore senza vestiti. Puoi anche partire senza valigia!»

E io ridendo le lancio addosso il contenuto dell'intero cassetto. Mi imbarazza il solo pensiero di spogliarmi davanti a lui. Decido di mettere un paio di short in jeans e una canotta nera.

«Per il viaggio andranno bene questi, vero?»

«Sei perfetta! Andiamo, altrimenti perdi l'aereo.»

Saliamo in macchina e io alzo il volume dello stereo, non riesco a parlare ma Azzurra mi comprende e non fa domande. *Please, Let Me Get What I Want* canta Morrisey. Ma io, io so davvero cosa voglio?

Il tragitto da casa mia all'aeroporto è breve e la mia amica mi lascia davanti alle partenze dell'aeroporto di Linate.

«Chiamami appena arrivi!» mi dice sorridendo.

Sto facendo una cazzata, lo so. Ma con lei accanto mi sento meno stupida.

I sentimenti possono renderti irrazionale, stupida, infantile. A volte ti fanno sentire capace di fare qualsiasi cosa, altre volte ti buttano così giù da non farti sentire più nessuna emozione. I sentimenti ti fanno dire parole mai dette, provare sensazioni mai provate, alcuni passano persino ore e ore a scrivere parole su di un foglio bianco. Quelle come me invece sono pigre, non si muovono. Né dentro e né fuori. Nessuna parola dolce, nessun gesto, nessun viaggio.

Ecco, invece oggi qualcosa è cambiato. Virginia sta

prendendo un aereo, per un uomo. Ed è un evento che probabilmente verrà festeggiato al mio paese con tanto di banda e fuochi d'artificio. E oggi ho scoperto un'altra cosa: non importa quanti chilometri ti dividono da chi desideri, li percorrerai tutti senza fatica e senza esitazione.

Sono agitata, impaziente. Il tempo non passa mai ed è come se il volo stesse durando una giornata intera. Durante il volo mi sento come se non ci fossi davvero io in quell'aereo. Come se il mio corpo fosse in viaggio, ma la mia anima riposasse già tra le sue braccia. Mi aspetto che da un momento all'altro la hostess venga a scuotere il mio corpo immobile per controllare che io sia ancora viva.

Dopo poco più di un'ora di volo atterro all'aeroporto di Olbia e prendo un taxi per raggiungere l'appartamento che ho preso in affitto per questa notte. In cinque minuti sono già lì e vengo accolta dalla proprietaria di casa, una signora anziana con il volto così scavato dal sole che sembra di cartapesta. Ma quelle sue rughe profonde mettono in risalto il suo sorriso che sembra abbracciarti. Mi consegna le chiavi e mi lascia sola lì, nel nulla, in compagnia soltanto della mia inquietudine.

Sono così agitata che non riesco a pensare ad altro che al momento in cui lo vedrò. Riccardo sarà impegnato tutto il giorno con le riprese del film e mi raggiungerà soltanto stasera. Sarà una giornata infinita. Io potrei approfittarne per fare un giro o magari andare a prendere un po' di sole in spiaggia. Potrei, sì. Ma non riesco a fare nulla, mi siedo all'estremità del letto e inizio ad accarezzare le lenzuola fresche, rosa con i bordi ricamati in pizzo bianco avorio. Non riesco a muovermi, il materasso mi abbraccia e mi ritrovo paralizzata dalla paura e il desiderio.

«Non sto più nella pelle! Dammi l'indirizzo del tuo appartamento e verrò il prima possibile» mi dice Riccardo al telefono. Ho provato a ignorare i miei sentimenti, a dirmi che è un uomo sposato dal quale non potrò mai avere quello che merito. Ho provato a pormi dei limiti, ma nulla ha funzionato. Sono sicuramente fuori di testa a fare centinaia di chilometri per venire qui da lui.

Lo sono per forza, altrimenti in questo momento sarei a Milano alla lezione di pilates del sabato e non in un'altra città aspettare qualcuno che ho incontrato più nei miei sogni che nella realtà.

E se non dovesse piacermi? Se non riuscissi a toccarlo? Cosa farò se l'immagine che ho di lui non corrisponde alla realtà? Cosa ci faccio qui?

Oramai è notte fonda e, nonostante le mille domande e le paranoie, mi addormento con il cellulare tra le mani. Durante queste ore sono riuscita a muovermi soltanto per fare una doccia, indossare un abito comodo e poi di nuovo sul letto. Non ho toccato né cibo né acqua. Ma è possibile che i sentimenti ti riducano così?

All'improvviso inizia a vibrare il telefono e mi sveglio. Riccardo è già qui, sotto casa ma questi minuti – il tempo che intercorre tra il suo messaggio e il suono del citofono – sembrano infiniti. Il cuore mi batte forte, racchiude i battiti di tutti i cuori presenti in questa piccola città stanotte. Sono pietrificata e aspetto in silenzio il cigolio della porta, che mi fa sobbalzare all'improvviso. Erano giorni che attendevo di rivedere i suoi occhi verdi. E mentre apro lentamente il portone li scorgo, pieni del mio stesso desiderio. Ci salutiamo, imbarazzati e cauti.

«Com'è andata la tua giornata?» mi chiede subito.

"Ho atteso questo istante tutto il giorno" vorrei rispondere, invece dico: «Mi sono rilassata un po'. E la tua?».

«È stata una giornata dura e ora sono un rottame, ma felicissimo che tu sia qui. Ti dispiace se ci mettiamo a letto?»

Mentre lui parla sono già sotto le lenzuola, stanca anche io del viaggio e della giornata di attesa. Mi basterà abbracciarlo. Dormire con lui è già un bel premio.

«Posso abbracciarti?» mi chiede timidamente.

È diverso dal Riccardo impavido che ho conosciuto. Ha paura anche lui di quello che potrebbe succedere tra noi. Pensavo di trovarmi davanti un'altra persona, sicura di sé, quasi aggressiva. Invece ha quasi timore di toccarmi. Sono io che faccio il primo passo abbracciandolo e lui inizia ad accarezzarmi il volto. Le sue mani mi sfiorano ed è come se il mio corpo prendesse vita per la prima volta.

Improvvisamente la stanchezza, la paura o qualsiasi altra sensazione negativa svaniscono e io prendo tra le mani il suo viso per baciarlo. Nessuno dei due ha intenzione di fermarsi. Con delicatezza mi stringe ancora di più e dice: «Sei bella da perdere il fiato».

Anche se poi a perderlo davvero sono io, ogni volta che lui fa qualcosa. Lo tiro ancora di più verso di me. Sono io quella che ha meno timore, trasportata da un desiderio ardente, e lui capisce subito che non ha più nessun motivo per frenarsi. Le sue mani iniziano a esplorarmi, come un bambino che scopre qualcosa per la prima volta. Passano lentamente dal viso per posarsi poi sulle labbra, che sfiora con desiderio ed eccitazione. Poi le fa scivolare dal collo fino alle spalle, percorrendo delicatamente tutto il mio corpo, dalla schiena alle gambe. Mentre il mio respiro si fa corto e il mio corpo è scosso da un brivido a ogni suo tocco, io muovo le mani su di lui. La sua pelle è morbida e liscia, la cosa migliore che le mie dita abbiano mai sfiorato. Lo divoro con la lingua e con i denti e lui afferra con vigore i miei fianchi. Quello che succede dopo è un'esperienza sovrannaturale.

Il suo corpo contro il mio, le sue mani che mi stringono con passione e desiderio, le sue parole. Il mio corpo è la tela sulla quale lui dipinge con le mani e la lingua. È una danza sinuosa fatta di movimenti, veloci e profondi. È un viaggio alla scoperta di se stessi attraverso tappe sconosciute. Sono completamente sua e lui è completamente mio. Solo per una notte. Solo per darci il tempo di capire che sarebbe stato bello incontrarsi prima.

La mattina dopo sono la prima a svegliarsi. Lui è accanto a me, mi tiene la mano. Senza far rumore, scosto le lenzuola e mi alzo lentamente. Infilo al volo il primo vestito che trovo sotto l'ammasso di indumenti e biancheria intima creatosi la scorsa notte, e scendo al bar a prendere la colazione.

Sembra il giorno più bello della mia vita. Anche il cagnolino che in strada aspetta impaziente la sua padrona davanti al bar, pare che mi sorrida. La gente intorno a me mi guarda, non solo perché sono un volto nuovo da quelle parti, ma perché non riesco a smettere di sorridere. Il barista mi consegna la colazione su un piccolo vassoio facendomi promettere che lo riporterò indietro al più presto.

Torno su in camera e lo poso lentamente e in silenzio sul suo comodino. Resto per qualche minuto a guardarlo, poi provo a svegliarlo sfiorandogli i capelli. Lui, ancora nel dormiveglia, allunga la mano e mi tira di nuovo sul letto.

«Ti ho portato la colazione» sussurro.

«Sei incredibile, Gigi» dice baciandomi. Ridiamo, facciamo l'amore parliamo per ore, come se ci conoscessimo da una vita. Come se dovessimo viverci per sempre.

A un certo punto tira fuori dalla borsa il computer, lo accende e mi chiede se ho voglia di leggere il libro che sta scrivendo.

«Non ti fermi mai?» gli chiedo.

È incredibile come riesca a lavorare a un film e allo stesso tempo scrivere un romanzo. Sono incantata da lui e vorrei avere la sua testa. Vorrei averlo tutto, sempre.

«Ti svelo un segreto. Erano anni che non scrivevo per una donna. Da quando ti ho conosciuta, le parole non riescono a smettere di sgorgare dalle mie dita.»

E io in quel momento mi sento speciale. Non mi sento più insicura, non mi sento più poco adatta a stargli accanto, sebbene ancora mi sembri assurdo che lui sia davvero qui, accanto a me. Lo guardo e penso a quante donne deve aver avuto nel corso della sua vita, a quante vite avrà incrociato, o peggio, in quanti corpi si sia perso. Ma in questo momento no, perché lui è con me, lui scrive per me.

Mi avvicino e chiudo gli occhi mentre lo ascolto leggere. Le sue parole mi avvolgono e lentamente sciolgono ogni mio dubbio. È lui l'unica persona al mondo che io possa vedere al mio fianco senza avere voglia di scappare via.

Ti sei dimenticata che è sposato? Le parole di Azzurra riecheggiano nella mia testa. Forse per un attimo l'ho dimenticato, forse per un secondo anche lui si è perso dentro di me.

Ma dopo qualche ora l'incantesimo finisce, perché è tardi. Entrambi abbiamo una vita reale a cui tornare, anche se vorrei restare lì per sempre, fermare il tempo e rivivere all'infinito questa notte.

Mi accompagna all'aeroporto e prima di salutarlo lo stringo forte, con la speranza di lasciare la sua sagoma impressa sulla mia pelle. Lo bacio, facendo attenzione a memorizzare il suo sapore per non dimenticarlo mai più.

È lunedì. Tutta stropicciata, mi alzo per ricominciare la mia settimana di lavoro. Quanto vorrei svegliarmi di nuovo accanto a Riccardo. Anche solo per un istante, soltanto un'ultima volta. Vado verso la cucina, come sempre sbandando dal sonno, che non si decide a lasciare il mio corpo, e prendo il telefono. Trovo un suo messaggio.

Riccardo – 10:00
Buongiorno principessa.
Oggi non riesco a mettere i pensieri in fila. Mi sento annodato.
È come se ieri fossi arrivato sulla luna e oggi fossi tornato a casa e non potessi dirlo a nessuno.
Mi hai fatto sentire così bene, solo appoggiandomi le labbra sul collo.
Guardarti, sentire il tuo profumo, essere a un centimetro da te... sembrava un premio.

Sono così persa nei ricordi della notte con lui che quasi non mi rendo conto di esser già fuori casa, di corsa verso l'ufficio. Oggi mi sento felice, speranzosa, rilassata. Quasi più ispirata. Il capo mi chiama nel suo ufficio per comunicarmi che hanno accettato il progetto di New York. È davvero la giornata perfetta e io sono la ragazza più felice del mondo. È come se tutti i pezzi della mia vita si stessero rimettendo insieme.
Oggi vado a pranzo con Giulia, mia cugina, e voglio raccontarle tutto. Viviamo lontane purtroppo ed è qui a Milano solo per poche ore. Di due anni più giovane di me, è così alta che potrebbe sembrare una delle modelle con cui lavoro. Nonostante abbia degli occhi neri e profondi, quando la incontri per strada non puoi fare a meno di restare ipnotizzato dalle sue lunghe gambe

affusolate. Nonostante la distanza ma non perdiamo mai occasione per incontrarci, per girare l'Italia a caccia di mostre o luoghi ricchi di storia e arte. Da piccole provavamo insieme tutti i nuovi trucchi delle mamme, pur non avendo idea di come mettere un mascara, abbiamo guardato e riguardato la videocassetta del Titanic fino a consumare il nastro.

A volte ho nostalgia di quell'età, quando il peggiore guaio possibile era che mamma non mi desse il permesso di dormire da Giulia. Mi affido alla risolutezza di mia cugina da quando ero indecisa su che vestito mettere a Barbie Malibu per il matrimonio di sua sorella. Anche se poi, alla fine, agisco sempre di testa mia. Oggi voglio dirle di aver conosciuto la persona più incredibile del mondo e che probabilmente finirà per distruggermi.

Io e Giulia ci incontriamo per strada, sotto il mio ufficio, e la porto al Radio Rooftop. Ho questa mania di andare nei posti in cui si vede Milano dall'alto, mi piace stare lontana dalla confusione e dal traffico. Mi chiede di Gabriele, mi lamento come al solito degli impegni che mi tengono lontana dalla famiglia, e poi del lavoro a New York.

«Gigi, c'è qualcosa che non va?» mi chiede a un certo punto, leggendo nei miei occhi il tormento.

Avrei voluto raccontarle di più del mio progetto, spiegarle i dettagli e chiederle qualche consiglio ma non riesco a trattenermi e le parlo subito di Riccardo, di come ci siamo conosciuti e come siamo arrivati a passare la notte insieme. Ma non mi sembra sconvolta.

«È bello sentirti parlare così di qualcuno. Non l'avevi mai fatto, dopo Andrea ovviamente. Ma eravate dei ragazzini, quindi non fa testo. Forse adesso hai trovato davvero l'uomo della tua vita! Cos'è che ti fa stare così male?»

«Promettimi che non mi giudicherai. Promettimi che non inizierai a guardarmi con occhi diversi.»

«Gigi, quando mai ti ho giudicata? Parla, dai.»

«Riccardo è sposato. Da dieci anni. E ha due bambine. Non posso neanche lontanamente pensare a un futuro con lui...»

Giulia mi ascolta impassibile mentre mangia la sua tartare di branzino, poi a un certo punto mi interrompe.

«Gigi, ascoltami. Pensi che queste cose "sbagliate" succedano solo nei film? Ci sono miliardi di storie come questa» mi dice guardandomi negli occhi. «Sei felice? Allora vivitela. E quando sarai andata troppo oltre, quando starai soffrendo, troveremo il modo per uscirne. Oppure gli parlerai apertamente e, se anche lui prova quello che provi tu, allora proseguirete la vostra vita insieme. I matrimoni finiscono tutti i giorni. Smettila di sentirti in colpa!»

Dopotutto ha ragione. Posso viverla ancora per un po' e vedere dove ci porterà. In un modo o in un altro ne usciremo, insieme o da soli...

«Grazie, Giuli, hai sempre un buon consiglio per la tua vecchia cugina» le dico ridendo.

«Come faresti senza di me?»

«Vieni, dai, che ti accompagno alla stazione!»

E così ci salutiamo. Questa volta con meno malinconia, perché l'estate è vicina e avremo un sacco di momenti da trascorrere insieme.

Con Riccarco, è più il tempo che passiamo al telefono di quello che viviamo realmente insieme. Lui è sempre impegnato con il lavoro, con le bambine e con la scrittura del suo libro. Ma riesce sempre a non farmi pesare la situazione e, quando tutto diventa insopportabile, arrivano le sue parole ad alleggerire il macigno che porto sul cuore.

Riccardo – 11:20
Per me rappresenti la libertà di essere me stesso, la pienezza della vita.
Un sorso da una sorgente proibita, un'esplosione di emozioni e di dubbi insieme.
Sei la mia tentazione.
Sei l'incontro casuale che genera cambiamento.
Sei ispirazione e carne.

Da quando è entrato nel mio mondo io sono sempre rimasta al mio posto. Abbiamo parlato spesso della nostra situazione e lui è stato chiaro: non vuole lasciare la sua famiglia. E io l'ho accettato e non vado mai oltre per non invadere i suoi spazi. Voglio essere quel pensiero che arriva e fugge via, che passa in punta di piedi, senza lasciare traccia. Solo un sorriso e la certezza che quando vorrà, io ci sarò. Almeno finché riuscirò a dividerlo con un'altra.
Forse un giorno troverò il coraggio di lasciarlo andare. Cercherò la forza di rinunciare al sorriso che ho sul volto da quando le mie labbra hanno sfiorato le sue. Dovrò abbandonare sul ciglio della strada la nuova me, quella che ho scoperto nel momento in cui il mio cuore

ha toccato il suo.

Da quando c'è lui, in giorni come questo, quando il sole sfonda il vetro della finestra ed entra prepotentemente nella stanza riscaldando il mio cuore annoiato, penso addirittura di essere felice. È tutto tranquillo, la città si muove lentamente, l'estate è nell'aria e rende tutto più bello. In giorni come questo non mi manca, non è un bisogno o una disperata necessità. Non è un obbligo o un'ancora. In giorni come questo penso che potrei vivere bene senza di lui come ho sempre fatto, ma la differenza è che non voglio farlo. Perché è proprio quando sto bene che avrei voglia di essere lì con lui. Con il sole o con la pioggia non importa. Vorrei essere con Riccardo, passeggiare per strada alla ricerca di un bar o di un posto carino in cui sederci. Tenerci per mano, anche se ci fa sentire vulnerabili, mentre ascoltiamo una canzone che stranamente piace a entrambi. Lui la canticchia, perché è bravo anche a cantare, mentre io sto lì ad ascoltare e analizzare ogni singola parola del testo per renderla più aderente possibile al nostro momento, a noi. Vorrei affondare la cannuccia nel mio frullato mentre ho lui di fronte, anzi vorrei poter annegare nei suoi occhi senza la paura di non tornare più a galla. Perché è nei suoi occhi che io sto bene e, in giorni come questo, non me ne vergogno.

Credi che per me sia facile?
Io mi sono completamente fottuta il cervello per te.
Provo ad aprirmi, a lasciarmi andare e tu, ogni volta, mi riporti alla realtà, come se volessi ribadire che siamo solo una parentesi che al più presto verrà chiusa.
«Siamo isole, Gigi» mi dici sempre.
Sì, siamo isole.
E io sono quella che sta per essere devastata dall'alta marea.
Quella destinata a scomparire.
A volte vorrei prendermi in giro e credere che esista almeno una cosa senza data di scadenza.
Ho bisogno di aprirmi, di dirti quanto mi manchi quando sei lontano, quanta voglia ho di te quando sono sola nel letto a pensare alle tue mani.
Voglio dirti che mi piaci, che mi rendi felice, che mi fai sentire unica e speciale.
Voglio dirtelo, cazzo!
Senza paura di esagerare, senza paura di allontanarti.
Io sono pazza di te, pazza.
Ma tu sei disposto a sopportare tutto questo?
Vuoi prendere il bello della nostra relazione, ma non affrontare i momenti di sconforto, di rabbia, di solitudine.

La situazione non cambierà.

Ci sarà sempre una parte di me che aspetterà in silenzio un tuo messaggio, una tua chiamata, un tuo abbraccio.

Che siederà lì, in un angolo, con le braccia conserte, desiderando un tuo cenno, in avida attesa di un tuo bacio.

Ma dovrai convivere con l'altro lato di me, la Penelope impaziente che patisce della tua lontananza, delle parole non dette, dei baci non dati.

Che si arrabbierà, soffrirà, griderà.

Tradirà la tua fiducia, rinnegherà i suoi sentimenti, calpesterà tutto quello che c'è stato, solo per pura e disperata rabbia.

Sono scappata per qualche settimana dalla città e mi trovo finalmente a casa, dove sono cresciuta. È sempre bello tornare qui. Svegliarmi con il rumore dei passi di mia madre, il profumo della torta appena sfornata e le risate di mia sorella Beatrice. Mi piace scendere sotto casa a prendere il pane, incontrare la vecchietta della porta accanto e salutare il fruttivendolo, che ha sempre una parola gentile. Mi mancano queste piccole cose, sono queste a ricordarmi che basta poco per essere felici. Un sorriso, un profumo, un ricordo.

Poi rientro nella mia stanza, che è rimasta uguale da quando sono andata via, e ritrovo i poster sui muri, i libri e i diari. E penso a quanti progetti e quanti sogni sono nati proprio qui. Quanta forza e quanto amore sono cresciuti in me tra queste mura.

È una calda mattina di fine agosto. Passeggio per il paese in compagnia del sole penetrante e della musica che esce fuori dalle cuffiette di un vecchio walkman. Faccio il pieno di queste sensazioni prima che l'estate finisca.

Dicono che la distanza aiuti a dimenticare le persone, lontano dagli occhi, lontano dal cuore. Nel mio caso, però, la distanza sembra alimentare il sentimento anziché estinguerlo.

Mi chiedo cosa starà facendo in questo momento. Starà sorridendo? È con lei o starà pensando a me?

Da quando è in vacanza con la famiglia non ci siamo sentiti spesso, è troppo rischioso. Non è facile vivere una storia quando sei costretta a chiudere in una gabbia tutti i tuoi sentimenti. Non sono abituata a misurare le mie azioni, a trattenere le sensazioni. È straziante vivere dentro un'esplosione di pensieri senza poterla condividere con la persona che ami.

Una voce in lontananza interrompe il flusso dei miei pensieri. È Beatrice, seduta al tavolino del bar in piazzetta, che prova ad attirare la mia attenzione stringendo tra le mani il mio telefono. Tolgo le cuffie e vado verso di lei.

«Gigi, è un quarto d'ora che ti suona il telefono. Questo Riccardo è impaziente di sentirti!»

Aumento il passo chiedendomi se sia successo qualcosa di brutto. Mi ha scritto una e-mail qualche settimana fa dicendomi che non avremmo potuto sentirci fino a settembre. Tra lavoro e famiglia è diventato raro sentirsi, e invece adesso mi sta telefonando.

Beatrice intanto mi guarda curiosa. Non potrei mai dirle di Riccardo, rischierei di perdere per sempre la sua stima. Lei non è come me. Ha le sue regole, la sua morale intransigente. Preferisco fingere di essere la ragazza perfetta che lei crede io sia.

«Ti spiego tutto dopo!» le dico togliendole di mano il mio telefono, e lo richiamo subito.

«Pronto. Non posso parlare. Dimmi solo se domani vuoi venire a Marsiglia con me. Pensaci e se decidi di venire, scrivimi. Ti mando il biglietto e vengo a prenderti all'aeroporto» e chiude la comunicazione.

La sua presenza rende la mia vita imprevedibile. Potrei svegliarmi domani ed essere con lui dall'altra parte del mondo. Detto così può sembrare entusiasmante, invece non è così bello. È come entrare in una stanza lasciando sempre un piede verso la porta, pronti a scappare via. Non c'è mai un attimo di riposo, perché io non vivo davvero la mia vita. Sto ferma come una marionetta ed è lui a decidere i miei movimenti. Ma non è colpa sua, lo so. Sono io che glielo permetto.

È inutile chiedersi quale sia stata la mia risposta. Non riesco proprio a essere razionale, non ce la faccio a fermarmi e riflettere. Il giorno dopo sono su un aereo diretto in Francia. Mi ripeto che è solo per poco, che appena finirà l'estate chiuderò questa storia. Voglio solo riempirmi di queste emozioni e poi lo lascerò andare. Continuo a ripetermelo durante il viaggio, continuo a cercare delle giustificazioni e mentire a me stessa.

Scendo dall'aereo con il solito nodo nella gola. Siamo stati lontani per un mese, riuscendo a malapena a sentirci ogni tanto. Ovviamente i suoi social erano pieni di foto in cui sorrideva in compagnia della sua famiglia, e ogni sorriso era uno schiaffo sul mio viso. Ma non ho il diritto di lamentarmi, lui è stato chiaro. Non ha mai parlato della possibilità di lasciare la moglie e io devo solo imparare ad accettare la realtà.

Riccardo viene a prendermi all'aeroporto come promesso. Cerco il suo volto tra la folla e lo vedo subito, con una delle sue solite camicie con disegnini stravaganti e quello sguardo inconfondibile. Cammino velocemente e ho dentro un'esplosione di sentimenti, dalla rabbia al desiderio. Lui corre abbracciarmi e mi accorgo che il suo corpo ancora aderisce perfettamente al mio, così come ricordavo. E dimentico tutto.

«Credevo non venissi. Ho avuto paura che questo

mese lontano da me mi avesse cancellato dalla tua testa.»

Lo guardo e sorrido ironica. Come avrei potuto dimenticarmi di lui? La distanza ha solo fatto crescere in maniera spropositata il desiderio. Ma è qualcosa che va oltre il contatto fisico, oltre i baci e le carezze. L'energia che trasmette crea dipendenza. Mi fa sentire capace di fare qualsiasi cosa. Mi basta vederlo per cancellare tutta la rabbia. Basta un bacio per sentirmi rinascere. Poi lui mi prende per mano e andiamo via.

Mi porta subito a cena, senza offrirmi la possibilità di passare a casa a darmi una sistemata. Dice che sono bella così, con il viso di una donna che ha viaggiato ore per rivedere finalmente il suo uomo. Per tutto il tempo mi stringe la mano come se avesse paura di perdermi. Siamo al ristorante, seduti sulla terrazza riservata per noi. Sono felice. Vorrei restare qui per sempre, dove nessuno ci conosce. Qui, dove siamo solo Virginia e Riccardo e la mia mano può restare incollata alla sua senza la paura che qualcuno possa vederci. Dove niente può farci male.

Parliamo tanto, come se fossimo stati lontani per anni. Lui muore dalla voglia di condividere anche le più piccole emozioni con me e questo mi fa sentire importante. Dopo la cena passeggiamo per le vie affollate della città abbracciandoci e baciandoci in continuazione. L'atmosfera è magica e tutto intorno a noi sorride. Voci, rumori, musica si mescolano. Il contatto del suo corpo contro il mio mi ricorda quanto mi sia mancato averlo addosso.

«Andiamo a casa. Ho voglia di fare l'amore» gli sussurro nell'orecchio.

E lui non può fare altro che obbedire. Iniziamo a rincorrerci come due ragazzini, come se fosse una gara. Entrambi abbiamo voglia di arrivare il prima possibile.

Io sono la prima a entrare, ma la fretta che avevamo fino a pochi minuti fa svanisce. Vogliamo goderci lentamente questi piccoli momenti insieme. Dal balcone della stanza si vede il mare e c'è odore d'estate, così usciamo e sento il rumore delle onde che ci culla mentre lui mi abbraccia e mi bacia il collo.

«Chiudi gli occhi e vieni con me!» gli ordino.

Lo prendo per mano e lo guido verso il bagno. Mentre mi spoglio velocemente faccio scorrere l'acqua della doccia. Poi gli tolgo i vestiti e continuo a baciarlo mentre lo trascino dentro con me. Lo accarezzo delicatamente con la punta delle dita, lascio che la schiuma e l'acqua scorrano lungo il suo corpo. Poi gli passo la mano tra i capelli. E mi piace guardarlo così, mentre lui ha gli occhi chiusi. Mentre sorride e lo bacio sugli angoli della bocca, il naso, la fronte. Non c'è un centimetro del suo corpo che non bacerei.

Il suo desiderio cresce a tal punto che non riesce a trattenersi. Improvvisamente afferra i miei fianchi, mi spinge con prepotenza verso il muro e iniziamo a fare l'amore.

Lo scroscio dell'acqua si mescola al suono lieve dei nostri sospiri, al frastuono delle nostre voglie. Sento i brividi scivolare sulla mia schiena come gocce di acqua mentre le sue mani percorrono il mio corpo.

Finiamo a letto, abbracciati e stanchi. Mi addormento con le sue dita che giocano con i miei capelli.

La mattina dopo, al mio risveglio, lui non c'è. Ancora addormentata, allungo la mano verso il suo lato del letto e non trovo nessuno. Il mio cuore si ferma e per un attimo mi manca il respiro. In pochi secondi nella mia testa si scatena un vortice di pensieri. È stato solo un sogno? Mi manca così tanto da aver creduto che tutto questo fosse reale? Apro gli occhi con fatica e mi sento sollevata alla vista di lui sul balcone che mi guarda sorridente. Tiro un respiro di sollievo e, alzandomi dal letto, mi copro con l'asciugamano ancora umido lasciato a terra prima di andare a letto.

«Pensavo fossi scappato via!»

«Ma va'! Ora che ti ho presa non ti lascio mai più.»

Lo raggiungo verso il tavolino di vetro e trovo il tavolo apparecchiato: brioche integrale e caffè macchiato. Mi siedo sulle sue gambe, lo guardo negli occhi e penso che ho davanti le due cose che preferisco in assoluto: il mare e lui.

«Mi porti al mare?» gli chiedo con la bocca piena di briciole e lui sorride.

Mi da un bacio sulla punta del naso, poi si alza e va a prendere dal suo zainetto un sacchettino color argento.

«Questo è per te, principessa! Non vedo l'ora di vedertelo addosso.»

Lo apro e dentro c'è un costume intero verde smeraldo che indosso subito dimenticandomi di togliere il cartellino.

«Sapevo che ti sarebbe stato un incanto!» mi dice incastrando le sue dita tra i miei capelli rossi.

Poi mi prende in braccio e mi porta nella spiaggetta

privata proprio di fronte al nostro hotel. Stranamente non c'è nessuno. Abbiamo una spiaggia a nostra disposizione, lontani da sguardi indiscreti. Io stendo il mio telo sul lettino mentre lui apre l'ombrellone.

«Stai attenta! Non vorrai diventare un gamberetto entro stasera» mi dice con tono premuroso. È la prima volta che qualcuno si prende cura di me in maniera così attenta. Poi prende la crema e viene a spalmarla sulla schiena e ogni tocco delle sue dita è un brivido per la mia anima. Resto distesa al sole mentre lo guardo fumare la sua sigaretta in riva al mare. Osservo ogni suo movimento, mi godo fino in fondo questi attimi insieme. Voglio avere delle immagini nitide, dei ricordi ben delineati quando non sarà più con lui. Voglio registrare tutto e avere la possibilità di mettere play ai miei ricordi ogni volta che la sua presenza mi sarà negata, per suo volere o di qualcun altro.

È tutto così perfetto oggi, adesso. E da quando l'ho conosciuto, anche il mare è più bello. I sorrisi sono più profondi, veri. Le lacrime bruciano di più sulla pelle e scavano solchi sulle mie guance rosa. Il mio cuore c'è e batte forte, in continuazione. Anche la vita mi sembra più bella, le sfide più grandi sembrano possibili e le cose banali sembrano speciali. È come aver vissuto tutta la vita con gli occhi chiusi e averli aperti, finalmente. Vedi tutto per la prima volta: i raggi del sole che si posano sulla pelle, le onde del mare che scivolano sui piedi, i granelli di sabbia che scorrono tra le dita. Il sangue percorre velocemente le vene e riesci persino a seguire tutto il percorso che dalla testa lo porta ai piedi. Avverti ogni singola contrazione del cuore. Sei vivo.

Finalmente.

Ma le cose belle sono sempre troppo brevi e il tempo con lui vola. La giornata finisce senza che io me ne renda neanche conto, ho un aereo da prendere. Ed è già ora di tornare a casa.

Rimetto a posto il telo da mare e la crema nella mia borsa. Vorrei prendere anche lui e portarlo via, come si fa con quei coccodrilli gonfiabili dopo una giornata passata al mare. Ritorniamo su, in camera, e lui mi sfila via il costume.

«Con questo addosso sei stupenda, ma senza lo sei ancora di più.»

Io sorrido imbarazzata mentre lui mi trascina sul letto. Poi chiudo gli occhi e lascio che lui sia il padrone del mio piacere. E vorrei fermare il tempo, di nuovo. Vorrei non dover andare via. Mai.

Per la prima volta, dopo Andrea, mi sento di nuovo pronta. Guarita. Come se la mia intolleranza fosse sparita, come se adesso avessi bisogno, desiderio, fame d'amore.

E al momento di salutarlo in aeroporto il mio cuore si spezza. C'è così tanta intensità nei nostri incontri, che il vuoto che mi si presenta dopo diventa incolmabile. Dovrebbe essere diverso. Bisognerebbe avere la possibilità di abbuffarsi d'amore e sentirsi sazi fino all'incontro successivo. Invece io ho un metabolismo veloce quando si tratta di cibo e di amore. Ne avverto subito la mancanza. Dopo poche ore ho già bisogno di un altro morso.

Ma non ho il coraggio di fargli delle domande, di pretendere altro da lui. Se gli parlassi di quello che provo, se mi aprissi davvero rischierei di perderlo. Ho paura di sentirmi dire in faccia la verità. Lui non ha mai espresso il desiderio di cambiare vita, non ha mai minimamente accennato al suo desiderio di porre fine a un matrimonio che non lo rende felice. E io continuo a fingere che vada bene così, che lui sia di passaggio nella mia vita come io lo sono nella sua.

Piango tanto, per tutto il volo. Provo a coprire tutto con la musica nelle orecchie ma ogni parola, di qualsiasi canzone, mi ricorda lui e noi. Sembra che ogni parola, di qualsiasi cantautore, scrittore o poeta, sia stata scritta per noi.

Vivere una relazione così è faticoso, perché hai una parte da recitare ogni giorno, ogni volta che vi vedete. Quando sono sola, mentre vivo la mia vita "normale", sono io con le mie debolezze e i miei limiti. Sono la ragazza sensibile e irrequieta che soffre senza di lui.

Nel momento in cui è davanti a me indosso la maschera dell'amante paziente e devota. Sorrido e vivo quei momenti come se il dolore, lasciato all'ingresso tra l'appendiabiti e il portaombrelli, non avesse lasciato cicatrici su questo corpo che lui ama tanto.

Non c'è possibilità di vittoria in queste situazioni. Non arriverà il principe azzurro sulla sua Range Rover bianca a salvarti. Non ti dirà che ti ama così tanto da decidere di stravolgere la propria vita.

Come pretendi di vivere felice e contenta come una principessa se continui a comportarti da strega cattiva? Come credi che finirà per te tutto questo?

Appena torniamo a Milano, riprendiamo la vita di tutti i giorni, io alle prese con il mio progetto mentre lui si divide tra lavoro e famiglia. È quasi impossibile riuscire a vedersi e, quando succede, sono solo poche ore in cui bisogna concentrare tutto quello che avremmo voglia di dirci e di condividere.

Quello che ci aiuta è il suo lavoro che lo porta spesso a star fuori la sera, tra eventi o cene tra colleghi. Apprezzo quello che fa per noi, nonostante tutti gli impedimenti, quando può, prova a scappare da me. E io non ho possibilità di scelta, sono sempre lì ad aspettare il momento giusto. È una continua attesa. Aspettiamo di essere abbastanza grandi per mettere il mascara, aspettiamo il momento giusto per dire a qualcuno "ti amo", aspettiamo la metro, aspettiamo un segnale. Viviamo in una costante e impaziente attesa di qualcosa, che spesso non arriva mai.

Stamattina, mentre ero alle prese con bozzetti e campioni di tessuto, Riccardo ha chiamato per dirmi che stasera, dopo lo spettacolo teatrale, saranno tutti a cena al ristorante brasiliano di via Magenta.

«Gigi, ti prometto che farò il possibile per liberarmi. Se riesco per le 23:00 sono a casa tua. Aspettami!»

E, adesso che finalmente è sera, io sono qui ad aspettare dopo aver desiderato tutto il giorno che arrivasse questo momento. Resto sul divano a fissare un programma TV a caso mentre la testa è in continuo stand-by e la mano attiva e disattiva in continuazione lo schermo dello smartphone, sperando di trovare una notifica. Potrei uscire, aspettare sue notizie in un qualsiasi bar di Milano. Bere qualcosa con gli amici e poi scappare a casa appena arriva il suo segnale. Invece aspetto qui. Truccata, profumata e pronta per dargli il meglio di me.

Come una moderna Penelope, non ho nessuna tela da tessere, ma solo un cuore e un corpo da preservare per il loro unico padrone. Tante volte quest'attesa è stata delusa, tante volte sono stata ad aspettarlo fino a tardi senza riuscire poi a vederlo. Sono rimasta arrabbiata, delusa, frustrata. Scontenta per questo rapporto che non può definirsi completo ma a cui non riesco a rinunciare. Ma stasera non sarà così. Stasera non riesco a essere triste, perché Riccardo questa volta è riuscito a liberarsi e sta arrivando.

Mi sto accontentando delle briciole, di qualche ritaglio di tempo, e mi rendo conto di meritare di più. Ma se gli parlassi apertamente, se gli dicessi che voglio di più lui resterebbe ancora con me? Se diventasse una storia "normale" sarebbe comunque così bello?

Quando non ci sono la quotidianità, il peso della vita di tutti i giorni e le discussioni inutili, il rapporto è più leggero, vivo. Io prendo solo la parte buona di lui. Quella passionale, romantica e spensierata.

Il citofono suona e il mio cuore si mette a battere al ritmo dei suoi passi per le scale.

«L'ascensore non arrivava e io non potevo aspettare neanche un secondo in più per vederti» mi dice entrando di corsa in casa.

Le sue mani si poggiano delicatamente sul mio viso. Non mi dà neanche il tempo di parlare e mi butta sul divano e mi bacia. Si toglie tutti i vestiti e iniziamo a fare l'amore. Chiudo gli occhi e provo ad ascoltare il rumore lieve del suo respiro, ma improvvisamente il suo telefono inizia a squillare.

Succede quasi sempre. Una volta è la sua agente, un'altra volta un suo collega, ma lui lo ignora sempre. Quando è con me non c'è per nessuno. Io apro gli occhi mentre lui continua a muoversi su di me ma il telefono non smette di suonare. Qualcuno lo sta cercando con insistenza e dico a lui di rispondere.

Mi guarda, con rassegnazione e un leggero senso di vergogna. Poi si alza in piedi e prende il telefono dalla tasca della giacca di pelle nera. È Ludovica, sua moglie, lo capisco dal suo sguardo.

«Scusa, devo rispondere. Forse è successo qualcosa» mi dice allontanandosi verso la mia stanza da letto.

Io mi limito a guardare e ad annuire, non posso fare altrimenti. Sapevo che prima o poi avrei assistito a una telefonata con lei. Eppure sono io quella di troppo in questa storia, non dovrei essere sorpresa o gelosa. Prima non sapevo cosa provasse un'amante davanti alla visione della realtà. È un po' come sbattere contro una vetrata che è sempre stata lì ma che non hai mai notato. Ti coglie di sorpresa e ti chiedi come hai fatto a non pensarci fino a quel momento.

Provo ad ascoltare la conversazione, anche se vorrei buttarmi sotto i cuscini per far finta che non stia succedendo davvero. Lui le dice che è ancora a cena con i colleghi ma tornerà il prima possibile. Intanto Gaia, la sua bambina, piange perché non c'è lui a metterla a letto e Riccardo prova a rassicurarla. E in quel momento torno piccola, ripensando a tutte le volte in cui ero io quella che piangeva senza un papà che mi consolasse.

E mi sento in colpa perché sono io il motivo della sua assenza questa sera.

Resto distesa sul divano a fissare ancora uno schermo che mi restituisce immagini e scene di cui non mi importa nulla. Mi sento vulnerabile, sporca. Colpevole e senza dignità. Come mi è venuto in mente di frequentare un uomo sposato? Dove volevo arrivare?

Poi lo osservo mentre parla al telefono. È dolce con la piccola e tranquillo con la moglie. Quasi mi spaventano la sua freddezza e disinvoltura nel mentire. E ho paura che sia tutto finto, le sue parole, i suoi sentimenti e i suoi gesti. Per un attimo non riconosco più la persona che è dall'altra parte del muro. All'improvviso mi sembra tutto così squallido.

Prendo la camicia che ho lasciato sulla sedia e me la metto addosso. Come se coprirmi potesse nascondere il peccato impresso a fuoco sulla mia pelle. Vorrei piangere, ma non ci riesco. Mi sento soltanto paralizzata e vuota.

Lui chiude la conversazione e torna a sedersi accanto a me. Tira un sospiro, ma non mi sembra sconvolto quanto lo sono io. Infatti mi abbraccia e prova a baciarmi, ma io mi scanso. Solo allora riesco a vedere una reazione umana da parte sua. In quel momento capisco che forse anche lui soffre quanto me.

«Ma cosa pensi, che per me sia facile? Credi non mi senta un uomo di merda in questa situazione? Ho perso la testa per un'altra donna e non posso permettermelo, Gigi.»

Vorrei dirgli di andar via e non tornare mai più, se mi ritiene un errore. Siamo qui insieme perché lo abbiamo voluto entrambi. Ma non riesco a parlare. Davanti a lui sono incapace di ribellarmi.

Restiamo abbracciati sul divano per un po', forse troppo poco per due persone che si sentono realmente in colpa. Infatti dopo pochi minuti ci ritroviamo a fare l'amore di nuovo, dimenticando tutto il resto. Dimenticando il mondo.

«Mi hai stravolto la vita. Per questi occhi ne farò di cazzate!»

Come se non ne avesse già fatte abbastanza. Come se fosse normale essere qui ora, sul pavimento del mio appartamento.

«Tirati su. Devi andare ora!» gli dico alzandomi in piedi e raccogliendo i suoi vestiti. Non è giusto che stia qui.

Devo accettare che non posso avere sempre ciò che voglio. Eppure vorrei solo dormirgli accanto, sentire il suo respiro sul collo. Ma non posso. Non questa volta.

Il mio lavoro è molto complesso. O meglio, è complesso per una come me. Non sono amante del contatto con la gente, ma purtroppo sono costantemente costretta ad avere a che fare con le più svariate tipologie di persone. Eppure ho imparato a sorridere, ascoltare le esigenze altrui e a essere una brava professionista.

Non capita a tutti di poter trasformare una passione in un vero e proprio lavoro. La mia però la definirei come un'ossessione. Sono sempre stata una bambina fantasiosa e creativa, merito di mia madre probabilmente. Disegnavo i vestiti per le Barbie, le preparavo con cura per le sfilate a cui mia madre era obbligata ad assistere.

I miei disegni erano ovunque, sui quaderni, sulle scatole di scarpe, sulle tele di mia madre e sui poster dei Backstreet Boys di mia sorella. Giravo costantemente con un blocchetto con la copertina rosa con sopra una Sailor Moon con lo sguardo fiero e dei pennarelli. E se malauguratamente li dimenticavo a casa, ero capace di disegnare con qualsiasi cosa su qualsiasi superficie. E io prediligevo i muri della casa di nonna. Le volte in cui torno nel mio paesino e passo a trovarla ancora mi mostra i segni che non è riuscita a cancellare dalle pareti. Quando siamo lontane, invece, ci tiene sempre a sapere come sto, monitorando l'andamento della mia vita con domande accuratamente studiate prima di ogni telefonata.

Ogni volta che mi chiama vuole che le spieghi in cosa consiste quello che faccio. Per renderlo semplice a una signora di una certa età dico sempre che "disegno vestiti".

Ma disegnare vestiti per lei non si può considerare un vero lavoro, e quando parla con le sue amiche, non molto giovani anche loro, si trova in seria difficoltà a parlarne. Preferirebbe dire: "Mia nipote fa l'avvocato" oppure "Mia nipote è una brava dottoressa". Senza dubbio si sente meno a disagio quando deve parlare di mia sorella.

Ma la cosa che la imbarazza di più è che a trent'anni ancora non sia sposata. Ci tiene così tanto che a volte, per darmi una mano, tira fuori qualche fidanzatino delle scuole elementari – di cui io non ricordo neanche il nome – provando a convincermi che poteva essere sicuramente l'uomo della mia vita, basandosi solo sul fatto che, per esempio, il giorno del mio settimo compleanno mi aveva regalato la bambola che mi piaceva tanto.

Ma, se con mia sorella c'è riuscita, con me è un caso disperato. Io sono complicata. Strana. Forse cinica e disillusa. Non sono una di quelle che credono al matrimonio, che aspettano da tutta la vita il principe azzurro. Una di quelle ragazze che vedono nella famiglia l'unica strada per la realizzazione personale.

Io non ho mai avuto una famiglia tradizionale, non ho avuto un padre o qualcosa che gli assomigli, non ho mai avuto nessun esempio da seguire. Nessuno mi ha insegnato ad amare, sono totalmente ignorante in materia. E a questo punto penso che l'amore non sia una cosa che si può imparare. Non è per tutti. È qualcosa di innato. O sei capace di amare oppure no.

Io credevo di non esserne capace. Finché ho incontrato Riccardo. Ma di certo non potrò mai presentarlo a mia nonna.

Immagina di essere per strada, a Milano.
È una sera gelida di gennaio.
Tu sei stesa a terra in posizione fetale.
In quel momento un gruppo di ragazzini ti sta prendendo a calci nello stomaco.
Non riesci a respirare.
Vorresti solo vomitare.
No, non sta succedendo davvero.
Ma è la sensazione più simile a quello che sto sentendo dentro di me ora.
Non è giusto.
Sto passando il mio sabato sera davanti a un computer a cercare online le tue foto, articoli di giornale, video, interviste.
E poi vedo quell'immagine in cui abbracci lei e sorridi.
Sembri felice, o forse lo sei davvero.
E penso a quanto vorrei essere al suo posto.
Chissà cosa stai facendo?
Inventi nuovi giochi e storie avventurose per le tue bambine?
Cosa fai mentre io sono qui. Sola nella mia casa vuota, silenziosa.
Il freddo è lo stesso che sentirei se fossi stesa a terra in strada durante una gelida notte di gennaio.

Vorrei essere con te.
Vorrei che fossi qui con me.
Io e te sul divano abbuffarci di cibo messicano.
Tu che mi prendi in giro per il mio modo frettoloso di mangiare.
Che mi stuzzichi perché sai come farmi arrabbiare e poi ti fai perdonare con un bacio.
Vedo ancora il tuo zaino sulla mia sedia, le sigarette sul tavolo e le mutande che, non si sa come, finivano sempre per sparire tra le lenzuola o sotto il letto.
Io a cavalcioni su di te, che gioco con i tuoi capelli, mentre mi racconti con entusiasmo i tuoi nuovi progetti.
So che c'è lei, lo sapevo dall'inizio.
Ma ancora non riesco a rassegnarmi all'idea che non sei solo mio.
Non mi abituerò mai alle serate senza te.
Passate a desiderarti.
Passate a immaginarti.

Forse avevo bisogno di una storia semplice, con una persona stabile e matura che potesse darmi certezze. Avrei voluto smetterla di essere così disillusa e cinica e riuscire a desiderare qualcuno con cui progettare un futuro insieme, qualcuno che finalmente mi facesse mettere la testa a posto. Mi sentivo quasi pronta per tutto questo. Ma, a quanto pare, la coerenza non è proprio il mio punto forte. Virginia, vedila così, almeno hai smesso di passare da un uomo all'altro come se fossi la pallina impazzita di un flipper.

Sono oramai tre mesi che io e Riccardo ci vediamo. Momenti intensi, incontri fugaci e quella voglia di condividere tutto. Quando decidi volontariamente di metterti in una storia del genere, o sei matta oppure sei veramente indistruttibile. Perché non sai mai quando la tua fame di lui verrà saziata. È una continua attesa.

Aspetto di vederlo sperando che lui riesca a trovare qualche minuto tra gli innumerevoli impegni. Cerco il momento giusto per scrivergli un messaggio perché non so mai se è con la sua famiglia. Spero che lui finisca prima al lavoro o magari vada più tardi. Mi auguro in continuazione che abbia tempo per me.

Ma non c'è mai una certezza, mai nulla di scontato. Potrei vederlo sbucare sotto il mio ufficio da un momento all'altro, oppure potrei aspettare ore sotto il suo studio senza che arrivi mai. Ma è una scelta. Nessuno mi obbliga a essere qui in questo momento, nessuno mi punta una pistola alla tempia intimandomi di amarlo.

Sono tre mesi di noi. Mesi in cui io non ho avuto

occhi per nessun altro. Non vedo, non sento. C'è solo il suo viso impresso nella mia testa e, in maniera infantile, continuo a sbattere i piedi pretendendo le sue attenzioni. È umiliante a volte. È come elemosinare sentimenti, ricevere amore con il contagocce. Ma non riesco a smettere, sto lì ad aspettare sul marciapiede che il semaforo verde scatti e mi dia la possibilità di raggiungere quello che c'è dall'altra parte della strada, quello che desidero davvero. Ma quel semaforo è rotto e continua a lampeggiare, mentre io sto lì ad aspettare.

Probabilmente mentirei a me stessa se dicessi che la storia con Riccardo è quella che ho sempre desiderato. Avrei voluto una storia semplice con un uomo libero, ma questi alti e bassi mi inebriano e mi fanno sentire viva. Lui mi rende la ragazza più felice del mondo quando siamo insieme ma, nel momento in cui va via, il dolore diventa insopportabile. Doveva essere solo un'avventura, durare una notte o due, invece senza rendercene conto la stiamo portando avanti. Tutto questo non mi basta più. Vorrei poter passare del tempo con lui senza sentire il fastidioso ticchettio delle lancette che mi ricordano che abbiamo i minuti contati. Che mi dicono: «Ehi, Virginia! Goditeli questi momenti, perché presto finiranno».

Purtroppo quando viviamo delle relazioni dai limiti così grandi, tendiamo a non lasciarci andare troppo. Teniamo sempre il freno a mano tirato per evitare di perdere il controllo. Perché con uno come lui l'incidente, quello grave, è sempre dietro l'angolo. Chiamatemi pazza, ma se potessi gli chiederei di lasciare tutto e venire a vivere da me. Se potessi condividerei con lui i miei spazi, il mio rumore e i miei silenzi.

Se potessi farlo davvero, da domani lo amerei con tutta me stessa. Vorrei amarlo, sì. E sono stanca di nasconderlo.

È assurda la capacità delle persone di cambiare forma, di modellarsi a seconda di quello che hanno davanti o intorno. Fa paura pensare che ognuno di noi indossi ogni volta una maschera diversa, che si plasmi a seconda dell'evenienza. Io non so più bene chi sono. La ragazza fragile spaventata dall'amore oppure la strega cattiva bramosa di attenzioni? Mi sono persa nei suoi occhi e allo stesso tempo ho perso qualsiasi capacità di giudizio. Ma chi è lui? Io non lo so davvero. Non lo so più o forse non l'ho mai saputo.

L'altra mattina sono stata svegliata da una sua telefonata. È raro che mi chiami di mattina presto, di solito aspetta che le bambine escano di casa con la mamma per andare a scuola. Con la voce ancora impastata dal sonno rispondo e la sua voce allegra mi ordina di aprire la porta. Si presenta a casa mia con un cappuccino, una brioche e un olio per massaggi. È incredibile come possa essere romantico ed erotico allo stesso tempo.

Dopo aver fatto colazione ed esserci saziati d'amore, ho provato a mettere da parte i dubbi riguardo alla nostra storia e gli ho parlato apertamente. Ho chiuso il resto del mondo fuori e ho guardato soltanto tra le quattro mura della mia stanza. Eravamo soli. Nudi e abbracciati.

«Credo di essermi innamorata di te» gli ho detto.

Poi il silenzio. Solitamente quando siamo insieme non sento mai nulla di quello che ho intorno. I rumori del traffico della città, i treni che corrono sulle rotaie, nemmeno le gocce d'acqua che cadono pesanti dal rubinetto del bagno. Invece quella volta ho sentito tutto. Come se il suo silenzio avesse alzato violentemente il volume dei rumori di sottofondo.

Per la prima volta non aveva una risposta pronta. Non aveva previsto che quelle parole sarebbero uscite dalla mia bocca. Non lo avevo previsto neanche io.

«Gigi, tu non puoi innamorarti di me. Non hai conosciuto il vero Riccardo. Io non sono quello che vedi qui, non sono quello che hai conosciuto in questi mesi. In questa stanza non porto mai con me i pensieri, le delusioni, il mio passato. Nella vita reale sono un rompicoglioni, un marito assente e una persona insopportabile. Tu meriti di meglio. Non un vecchio rottame come me.»

Io ho sorriso. Non avevo voglia di accendere i riflettori sulle crepe che le sue parole avevano appena aperto nel mio cuore. Eppure avrei dovuto capirlo subito. Un attore così bravo non può che recitare anche nella vita. Io, invece, una ragazza normale incapace di mentire persino a un gatto, non riesco a capire come si possa fingere di essere un'altra persona.

Allora chi è davvero Riccardo? Chi è la persona che mi rende felice da tre mesi a questa parte?

Spiegamelo, per favore, perché io non riesco a capire. Non cambio faccia in base alla persona che ho davanti. Sono sempre io. Ma tu, Riccardo, chi sei? Non ti riconosco più.

È strano. Dopo essere riuscita per anni a evitare legami e sofferenze, ti ritrovi così: disarmata, vulnerabile e, purtroppo, innamorata. Era tutto così bello prima, quando l'amore non poteva toccarmi ed era tutto piacevole e leggero. Mentre adesso sento un macigno sul petto e non riesco a respirare.

Poi, come sempre, mi abbraccia e ritorna la calma. Ma questa volta dura poco perché trovo finalmente il coraggio di reagire, sono stanca di stare in silenzio e lasciare che le cose vadano sempre come vuole lui.

«Sono consapevole che non avrei dovuto innamorarmi di te. Non volevo, non era previsto ma è successo. E adesso non possiamo continuare a giocare come se tutto questo non facesse del male a me, a te o ad altre persone.»

«Ma io sono sposato, Gigi…» sono le uniche parole che lui riesce a dire.

«Bene. Sei sposato? Allora torna dalla tua famiglia e lasciami stare» gli rispondo camminando verso la porta di casa e aprendola con violenza.

Lui mi guarda come se avesse un fiume di parole pronte a sgorgare dalla sua bocca.

Ma dice soltanto: «Non posso fare quello che mi stai chiedendo».

«Allora non voglio che tu resti qui neanche un secondo in più.»

E così va via, di nuovo. Questa volta per sempre.

È stata una giornata come tante, piena di cosa da fare, ma per fortuna è venerdì. Il fine settimana è ufficialmente iniziato e io sto tornando a casa in metro, anche se potrei tranquillamente andare a piedi.

Cuffie nelle orecchie e la mia imbarazzante abitudine di oscillare attaccata alla piantana di sostegno, come se fossi una pole dancer. In quel momento mi sento Nicole Scherzinger nel video di Wait a Minute, ma solo per pochi secondi, perché mi rendo conto che una come lei in questo momento non starebbe a pensare a Riccardo.

Eppure non si è fatto più sentire. Ha preso la sua decisione che evidentemente non comprende me. Finalmente posso respirare, posso vivere un weekend degno di quelli che si aspettano per tutta la settimana. Per le coppie normali, il fine settimana rappresenta finalmente l'occasione per stare insieme. Si organizza una gita fuori porta o la visita a un museo nuovo, o si resta un po' di più a letto.

Durante la mia storia con Riccardo, i fine settimana sono sempre stati un incubo. Sono i giorni in cui per me lui non esisteva, in cui non potevamo sentirci. Non potevo parlargli di quello che mi succedeva, non potevo dirgli quanto mi mancava. Non potevo far nulla e per me era pura agonia. Con lui il lunedì era la giornata più bella. E nessuno ama i lunedì!

Poche fermate mi separano da casa e non vedo l'ora di arrivare, ho voglia di buttare sul pavimento questo paio di tacchi scomodissimo e slacciare il reggiseno così stretto che non mi lascia respirare. Ancora non ho nessun programma per la serata, è un po' di tempo che mi concentro troppo sul lavoro e non mi godo una serata tutta per me. Prendo il telefono dalla tasca per chiamare Azzurra e sapere se lei abbia già in mente qualcosa, solitamente il weekend Marco è fuori per lavoro quindi posso averla tutta per me.

Tirando fuori il cellulare, mi scivola dalle mani e cade sulle gambe della signora seduta davanti a me. Le chiedo scusa allungando la mano per riprendere ciò che è mio e mi trovo davanti la faccia di Riccardo stampata sulla pagina del quotidiano che la malcapitata sta provando a leggere.

Vorrei che non mi fosse mai scivolato il telefono, vorrei non aver visto. Sulla prima pagina della sezione "Spettacolo" c'è un'intervista a Riccardo con tanto di foto gigante in cui abbraccia sorridente sua moglie, che tiene per mano le due bambine.

La sensazione è simile a quella che si prova quando durante la lezione di educazione fisica ti arriva una pallonata in pieno volto, e io ne so qualcosa, perché sono sempre stata negata a pallavolo.

Rimetto il telefono in borsa, non è il momento giusto per chiamare Azzurra perché sento un nodo nella gola e un fiume in piena che aspetta solo di straripare dai miei occhi. Scendo di corsa appena si aprono le porte del vagone. Non so neanche a che fermata mi trovo, potrei essere dovunque ma non mi interessa perché ho bisogno di leggere quell'intervista.

Salgo le scale con la velocità di una gazzella e, senza fiato, compro lo stesso giornale all'edicola del mezzanino. Lo metto in borsa e guardandomi intorno mi rendo conto di essere alla mia fermata, per fortuna.

Non voglio aprirlo subito, ho paura dell'effetto che potrebbero farmi le sue parole. Non ho intenzione di iniziare a sanguinare per strada.

Affretto il passo, perché voglio sedermi sul mio divano e farmi squarciare l'anima in completa solitudine. Quando arrivo a casa le mie mani tremano, forse per la curiosità o forse per la paura. Ma non posso più aspettare e inizio a leggere.

Si parla dei suoi progetti, del film che sta per uscire e del suo percorso professionale. Solo alla fine la giornalista gli chiede qualcosa della sua vita sentimentale. "Quanto conta il supporto della famiglia nella tua carriera?"; "L'amore per me è tutto" risponde lui. "Senza la mia famiglia, senza Ludovica, mia moglie, io non sarei la persona che sono adesso."

E mi viene da ridere per quanto lo trovo ridicolo. Parla d'amore e di famiglia quando ha finto per mesi di essere altrove e invece era con me. Se potessi lo chiamerei ora per dirgli che è soltanto uno stronzo egoista come tanti. E che mi fa schifo quasi quanto mi faccio schifo io.

Guardo la foto. Lui indossa un completo color verde petrolio che si abbina perfettamente ai suoi occhi. Seduto su un divano di tessuto damascato color prugna stringe la mano a Ludovica, che è in piedi con un vestito lungo e bianco. Sono dolorosamente belli insieme.

Ho sempre saputo a cosa andavo incontro. Era tutto previsto, tutto studiato. Analizzato e metabolizzato durante l'intera relazione. Ma ogni volta è come provare per la prima volta quel dolore. Non ci si abitua mai a una coltellata in pieno petto.

Ora più che mai sono stanca di star ferma ad aspettare, non ho intenzione di passare il weekend sul divano a piangermi addosso. L'ho sempre fatto da quando sto con lui, come se avessi perso qualsiasi interesse verso il divertimento in generale, uomini compresi.

Prima di lui vivevo tra aperitivi, cene con amici e serate in discoteca che non finivano finché non vedevamo il sole sorgere. E adesso? Sono diventata una mogliettina perfetta con un marito invisibile o meglio, con quello di un'altra.

Sono stanca di essermi privata di tutto con la speranza che prima o poi mi vedesse davvero e decidesse di stare con me. Si tenga la sua fantastica storia d'amore, io stasera ho deciso che uscirò.

Vado a cena con Nicolas, un ex collega di Daniele. Ci siamo incontrati spesso, solitamente durante le uscite di gruppo in cui decidiamo di andare a vedere qualche nuovo film, o quando ci va di provare qualche nuovo locale per cena. Lo conosco davvero poco però mi ha sempre incuriosito come persona. Certo, devo ammettere che al momento uscire con lui è solo un ripiego, che è un gesto disperato per cercare di andare avanti e dimenticare Riccardo. Però ho voglia di andare avanti, o almeno di provarci.

Scrivo ad Azzurra per raccontarle tutto, di come ci siamo lasciati io e Riccardo, dell'intervista e soprattutto di Nicolas.

«Finalmente ti sei decisa a uscire con qualcun altro. Brava, Gigi. Sei tornata in te! Te lo dico da sempre che Nicolas muore per te.»

Ed è proprio vero, da quando ho conosciuto Riccardo non sono stata più la stessa Virginia di sempre. E non so davvero se sia stato un bene oppure no.

Nicolas viene a prendermi a casa alle nove in punto. Io indosso il vestito a fiori che mi ha regalato Beatrice l'ultima volta che è venuta a trovarmi e il sorriso di chi ha voglia di voltare pagina. Mentre guida lo guardo e mi sembra di avere accanto il principe Filippo della Bella Addormentata nel Bosco: capelli biondi, carnagione candida e cadenza francese che ha sempre il suo charme. Ha un sorriso luminoso e rassicurante, niente a che vedere con il fascino misterioso e cupo di Riccardo. Mi porta al Globe, uno dei miei locali preferiti. Anche da qui la vista di Milano è mozzafiato e, data l'aria stranamente calda per una sera di ottobre, decidiamo di sederci in terrazzo.

Lui chiede subito una bottiglia di vino bianco e iniziamo a bere. Tra l'ordinazione e l'arrivo dei nostri piatti passa una mezz'ora abbondante, quanto basta per farmi sentire già un po' sbronza. Ma sono lo stesso a mio agio, e lui non smette di dirmi che desiderava uscire con me dalla prima volta che mi ha visto. Bene, Virginia, come sempre capisci sempre tutto al volo. Azzurra si conferma di nuovo la candidata ideale per sostituire ufficialmente il mio cervello. Sono mesi che questo principe ha voglia di uscire da solo con te e tu neanche te ne eri resa conto.

Nicolas ha trentacinque anni ed è originario di Lille, una città della Francia settentrionale. Vive da qualche anno qui a Milano, dove gestisce la sede italiana della casa di produzione cinematografica di suo padre.

È un ragazzo simpatico che, consapevole della mia timidezza, mi fa un sacco di domande per conoscermi meglio. Dallo sguardo sembra interessato alle mie idee, oppure sta solo escogitando un piano per scappare via appena mi distraggo. Intanto la serata scorre in maniera piacevole mentre beviamo, ridiamo e scherziamo. Superato l'imbarazzo delle prime ore, mi sciolgo e inizio a parlare incessantemente, spesso di cose senza senso. Mi rendo conto di quanto io sia diversa davanti alle persone che non riescono a entrarmi dentro.

Con Riccardo sono calma. Misuro tutte le mie mosse, peso le parole, accompagno i gesti. Curo tutto nei minimi dettagli per essere perfetta, o almeno giusta per lui. Con tutti gli altri, quelli di cui non mi importa nulla, sono un vulcano che non smette di eruttare lava ardente di gesti e parole per mascherare timidezza e agitazione. Forse per questo lui, dopo minuti interminabili di chiacchiere, si avvicina e mi bacia. È l'unico modo per farmi stare zitta.

«Stanno per chiudere, ti va di venire da me a bere qualcosa?» mi chiede sorridendo.

Dico di sì anche se non sono convinta. Ho passato una bella serata e non voglio essere prevenuta. Se un ragazzo ti invita a bere qualcosa a casa sua non vuol dire che voglia portarti a letto, vero?

Quanto sei ingenua, Virginia! Non ti renderesti conto delle avances di un uomo neanche se dovessi trovarlo nudo nel tuo letto. E riconosco questo mio limite, mi illudo sempre che gli uomini riescano – o semplicemente vogliano – andare oltre l'involucro, ma non tutti sanno farlo. Prendiamo l'ascensore che ci riporta fuori, in silenzio. Poi, arrivati in strada, saliamo in macchina e durante il tragitto non riesco a dire neanche una parola. Come se durante la cena avessi utilizzato tutte quelle a mia disposizione e, adesso che la situazione sta diventando più complicata, io non sapessi più cosa dire. Lascio che sia lui a parlare e mi limito a sorridere nervosamente. Una parte di me vorrebbe solo scappare a casa e sprofondare sotto il piumone, ma poi penso che non c'è niente di male in un bicchiere di vino a casa sua, ho bisogno di distrarmi e non mi va di restare sola Prendo il telefono e scrivo ad Azzurra per farle un resoconto della serata, ma soprattutto per inviarle tramite GPS la mia posizione. Ogni volta che esco con qualcuno le dico sempre dove sono, nel caso in cui l'indomani dovessi essere scomparsa. Non si sa mai.

«Gigi, stai attenta!» Ecco che il suo lato materno si manifesta. «Poi, se ti piace Nicolas lasciati andare, non pensare a Riccardo, che non se lo merita.»

In ascensore lui mi bacia di nuovo ma nota subito che non sono per niente a mio agio. Poi mi guarda come se volesse chiedermi scusa per la sua avventatezza e io gli sorrido. Dopo quindici piani arriviamo davanti alla sua porta. Gira le chiavi nella serratura, apre e mi fa cenno di entrare. È buio quindi procedo a piccoli passi ma dalla vetrata della sala da pranzo si vede tutta Milano illuminata.

«Aspetta qui, io accendo le luci. Non vorrei che inciampassi» dice lui. Poi vado verso la vetrata guardandomi intorno. Il suo attico è bellissimo, troppo bello per essere di un uomo.

«Sei fidanzato vero?» gli chiedo.

Senza ragionare mi escono spontaneamente quelle parole. È tutto troppo perfetto per essere vero: lui, la casa, la serata. Non ho voglia di un altro tuffo nel vuoto, non potrei sopportarlo.

«Virginia, ma cosa dici? Come ti viene in mente?» risponde subito non comprendendo il motivo della mia domanda. E subito mi vergogno per la mia diffidenza, per la mancanza di fiducia nel genere maschile.

«Perdonami. Sembra tutto troppo ordinato per essere davvero la casa di uno uomo» gli con tono ironico, non voglio offenderlo.

«Mi sottovaluti Gigi. Sono un uomo pieno di sorprese. Aspettami sul terrazzo che ti porto da bere. Vino bianco?»

Io annuisco. Poi sorrido e gli do un bacio. Esco lentamente muovendomi tra i numerosi vasi di fiori e vado a sedermi su una poltrona di rattan. Resto lì per un po' a guardare dall'alto Milano che brilla mentre le note di November Rain arrivano dall'interno dell'appartamento. Respiro profondamente e chiudo gli occhi. Lui mi raggiunge dopo poco con una bottiglia di vino e due bicchieri. Si siede accanto a me e mi porge il calice pieno.

«Sono felice che tu sia qui» mi dice avvicinando il viso al mio collo.

E lo sento che si fa spazio tra i miei capelli, come se volesse sentirne l'odore fino in fondo. Vorrei lasciarmi andare, assecondare quei piccoli brividi sul collo che mi fanno capire che lui mi piace. Vorrei ma non ci riesco. Mi sento legata, paralizzata.

Finisco il mio primo bicchiere di vino velocemente con la speranza che possa aiutarmi nella difficile impresa di rimuovere lo sguardo di Riccardo dalla mia testa. Poi lui lo prende e lo posa sul tavolino. Mi bacia fissando bene le sue dita tra i miei capelli, come se volesse incastrarsi a me. Poi le sue mani percorrono il mio corpo, dalla schiena fino ai fianchi. Mi guarda per vedere nei miei occhi lo stesso desiderio, ma non lo trova. La mia testa è altrove e ho bisogno di andar via. Non mi sento ancora pronta ad avere un altro uomo su di me. Io mi alzo di scatto dandogli le spalle.

«Vuoi che ti accompagni a casa?» mi chiede gentilmente abbracciandomi.

Non è arrabbiato o deluso, sembra che abbia capito.

«Prendo un taxi, hai bevuto troppo per guidare.»

«Hai ragione. Grazie per la serata. Mandami un messaggio appena arrivi a casa» mi dice con dolcezza. Così io lo bacio e vado via.

È stato piacevole passare del tempo con lui, mi fa pensare che ho ancora una speranza. Ma devo darmi tempo, non posso pretendere che dall'oggi al domani io possa star bene con qualcun altro.

Lui potrebbe davvero rendermi felice, anche se ora probabilmente mi starà odiando. Oppure no, magari è così carino da aver apprezzato la serata con me pur non terminandola tra le mie gambe.

È una calda mattina di fine ottobre, quindi decido lo stesso di andare a piedi in ufficio. Mi fermo un attimo al bar sotto casa, dove tutti i giorni incontro una simpatica vecchietta sorridente che mangia la sua brioche alla marmellata. Mentre svuoto una bustina di zucchero di canna nel mio cappuccino, penso a quanto vorrei riuscire a sorridere così davanti a una brioche. E invece nuoto continuamente in un mare di pensieri in tempesta, cercando di non affogare nonostante la vista appannata dall'acqua salata. Chissà cosa provano le persone tranquille e appagate?

Arrivo in ufficio ovviamente in ritardo. Se non mi apprezzassero così tanto, probabilmente mi avrebbero già rimandata a casa a calci nel sedere. Ma ora sono qui, alla mia scrivania, a lavorare sul progetto di New York. L'evento è tra qualche mese e voglio che sia tutto curato nei minimi dettagli. Sono così presa dai miei bozzetti che non mi rendo conto del tempo che passa. Amo il mio lavoro, ma a volte mi risucchia.

Scorro velocemente le e-mail e trovo subito quella di Riccardo. Ce ne sono tante in realtà, una per ogni giorni da quando l'ho cacciato da casa mia. Dice che è fuori città, passa tutto il giorno e a volte anche la notte sul set ma non riesce a smettere di pensare a me. Poi si giustifica subito per l'intervista, come se immaginasse che io l'abbia letta. Ma sono sempre gli stessi discorsi su quanto sia obbligato a mantenere la sua immagine pubblica nonostante io sia la vera gioia della sua vita. Nell'ultima c'è anche un biglietto aereo per Barcellona. Ma non ho intenzione di cedere adesso.

Sto continuando a frequentare Nicolas e, anche se non sono felice, mi aiuta ad andare avanti. Lui è presente e riesce a darmi tutto quello che in questi mesi Riccardo mi ha negato, anche se non per sua scelta. Posso telefonargli quando mi va, passa a prendermi in ufficio per portarmi a pranzo e il weekend riusciamo a passarlo insieme, anche se si tratta soltanto di andare a vedere qualche nuova mostra al Mudec o uno spettacolo al teatro Parenti. Non è lui la persona con cui vorrei fare tutto questo e forse non lo sarà mai. Ma per il momento deve essere così. Non posso tornare indietro.

Mentre scorro l'elenco infinito delle patetiche e-mail di Riccardo, ne scorgo una di Andrea. Sì, quell'Andrea. Non lo sentivo da un po' nonostante chiami sempre me e Azzurra quando si trova a passare per Milano. Lui adesso fa lo scrittore, o meglio è quello che dice di fare per giustificare il fatto che viva ogni mese in un continente diverso.

andrea.giordano@gmail.com – 06:15
Ciao Gigi!
È un po' di tempo che non ci sentiamo. Come stai?
Ho sentito Azzurra ieri e mi ha detto del tuo lavoro a New York. Sei grande come sempre!
Io adesso vivo a Los Angeles, resterò qui ancora qualche mese quindi se ti capita di passare, scrivimi.
Ti mando un bacio grande.
Andrea

Mi tremano ancora le mani quando leggo il suo nome. Nonostante gli anni e nonostante l'amicizia che abbiamo mantenuto. La storia è finita come tutti quegli amori nati tra i banchi di scuola, quando la vita ti porta lontano per inseguire i tuoi sogni. Lui decise di prendersi un anno di pausa e partire per l'Australia e io non glielo impedii perché volevo che fosse felice anche senza di me. Mi chiese di andare con lui ma io non volevo deludere la mia famiglia, già scossa dalla notizia che non avrei fatto il medico. Non volevo essere per l'ennesima volta la ragazzina ribelle che scappa con uno zaino in spalla. Mi presero, come desideravo, all'Accademia di Moda e gli dissi che non potevo rimandare. E così lui andò senza di me, ma nonostante abbia sofferto da morire non gliel'ho mai fatto pesare. Fu dura da superare anche se a lui non l'ho mai detto.

Bussano alla porta e quel suono mi riporta alla realtà: è Cristina, la mia collega del reparto marketing.

«Virginia, c'è una persona che ti cerca. Credo si chiami Nicolas. Lo faccio entrare?» mi chiede.

Cosa ci fa Nicolas qui? mi chiedo, ma poi guardo il telefono e mi rendo conto che dopo venti chiamate senza risposta è normale che si sia chiesto se fossi ancora viva.

«Ehi, scusami ma non mi sono fermata neanche per mangiare. Ho preso soltanto ora il telefono. È successo qualcosa?» gli chiedo mentre penso per l'ennesima volta di essere la solita confusionaria distratta.

«Volevo invitarti a cena stasera, c'è anche mio padre. È in città per la prima di un film che abbiamo prodotto e voleva che andassimo insieme.»

Resto immobile mentre dentro di me sento il bisogno di scappare verso la prima uscita d'emergenza. Suo padre? Non so neanche cosa ci sia nelle sue mutande e lui vuole portarmi a cena con suo padre?

«Ti ringrazio. È una bellissima idea, Nicolas» dico invece.

«Se hai finito ti aspetto. Ti accompagno a casa, così ti cambi e poi andiamo al ristorante» mi dice con aria felice, come se non vedesse l'ora di presentarmi a suo padre.

E io non posso scappare, non posso neanche fingere

un malessere, perché non mi si scollerà di dosso finché la serata non sarà terminata.

«Aspetta che prendo il cappotto. Tuo padre parla italiano, vero? Devo vestirmi elegante? E poi, di che film si tratta?» Tempesto Nicolas di domande tanto da non sentire neanche le sue risposte. E forse sarebbe stato meglio se non avessi chiesto.

«L'impazienza di Penelope, con Susanna Ferri e Riccardo Russo. Se ne parla ovunque in questi giorni. Mio padre dice che è bellissimo!» dice. Forse sono una stronza, ma la prima cosa che penso ascoltando le sue parole è che è arrivato il momento di ripagare Riccardo con la sua stessa moneta. Sono proprio curiosa di vedere quale sarà la sua reazione quando mi vedrà alla prima del suo film con un altro. Finalmente capirà cosa ho provato per questi mesi, o forse capirà cosa prova davvero lui per me.

Mentre sono persa tra i miei pensieri, metto il cappotto, prendo la borsa e trascino Nicolas verso l'ascensore. Lui mi stringe e mi bacia ed è quel tipo di bacio che si dà a una persona che sta andando via per provare a farle cambiare idea. È ancora una volta colpa del mio viso così trasparente che, anche quando non parlo, mostra a tutti quello che mi sta passando per la testa.

Durante il tragitto in auto mostro tutto il mio entusiasmo per la serata. Mi sento in balìa degli eventi, come se non riuscissi a determinarli ma solo ad assecondarli. Mentre arriviamo a casa lui continua a dirmi quanto è felice di farmi conoscere suo padre e io non capisco se lo sono davvero anche io, oppure è solo il desiderio di vendetta che mi fa sentire così euforica.

L'unica cosa che mi impedisce di far tardi è l'occhio vigile di Nicolas che mi guarda come se volesse dirmi "Muoviti, mio padre ci aspetta!" anche se poi dalla sua bocca escono solo complimenti e parole dolci.

Finalmente ho l'occasione per sfruttare l'abito nero di Balmain che ho comprato la settimana scorsa. Così entro in camera e lo indosso. Esco dalla stanza e faccio una giravolta davanti a Nicolas.

«Allora? Così sto bene?» gli chiedo.

«Gigi, sei fantastica! Non so davvero cosa dire.»

Resta lì per qualche secondo a bocca aperta, lo sguardo amorevole e per niente malizioso.

Devo segnare anche questo sulla mia agenda: mai andare a letto la prima sera con un uomo. Quando aspetti un po', prendendo tempo per conoscere e farti conoscere, finiscono sempre per perdere la testa.

Poi si alza in piedi e mi stringe. Percepisco la sua felicità e improvvisamente mi sento anche io fortunata a essere lì con lui. Dimentico qualsiasi cosa. Dimentico persino Riccardo, tutta la rabbia e la voglia di vendetta. Ma solo per qualche istante.

Le luci si accendono.
Si apre il sipario.
Ta-dan!
Arriva Kevin Spacey con un Oscar in mano, pronto per consegnarlo alla miglior attrice non protagonista.
Legge le nomination e poi tira fuori la busta rossa.
Silenzio in sala.
Si sente soltanto il fruscio della busta che lentamente si apre.

Poi lui sospira e annuncia: «The winner is...».
Attimi di pausa.
Suspense.
Picco d'ansia per tutti i nominati a questo prestigioso premio.
Poi lui schiude nuovamente le labbra e dice: «Virginia Taiani». Immaginate quanto possa essere sexy il mio nome pronunciato con il suo accento americano.
Scroscio di applausi.
Io sono seduta tra le prime file, indosso un abito rosso e lungo con ricami in pizzo davanti e una scollatura profonda sulla schiena.
Visibilmente emozionata, mi alzo e vado a ritirare il mio premio.
Kevin me lo consegna e io lo stringo tra le mani estasiata.
Poi mi avvicino al microfono.
«Ringrazio tutti per questo meraviglioso premio. Ringrazio il regista per avermi dato questa opportunità, per avermi insegnato tanto. Ringrazio i miei colleghi, perché grazie a loro sono riuscita a tirare fuori questo personaggio. Un ringraziamento speciale va però a mia madre, che ha sempre creduto in me e mi ha sostenuta nel mio percorso. Ma soprattutto grazie a me, perché riesco a ritagliarmi ogni volta questo ruolo da non protagonista, permettendo a chi mi sta intorno, alle situazioni e agli avvenimenti, di decidere sempre per me. Brava, Virginia, fatti scegliere ogni volta. Non prendere in mano la tua vita. Continua a sprecare il tuo tempo. Gioisci di questo premio!"
Cascata di applausi.
Le luci si spengono e cala il sipario.

Arriviamo nella grande sala del Bulgari Hotel, dove alloggia il padre di Nicolas. Lui ci accoglie al suo tavolo. È ben vestito e galante, la versione adulta di suo figlio, fisico statuario e aspetto radioso.

Nonostante non sia la prima cena formale a cui partecipo, mi sento un po' a disagio. Sì, va bene, sono una stilista e mi piace l'ambiente elegante della moda, ma resto pur sempre una ragazza cresciuta in un paesino, con una bicicletta senza freni e le ginocchia sempre piene di sbucciature.

Quando ho iniziato a fare questo lavoro mi affascinava l'idea del lusso, delle cose belle. Mi eccitava il pensiero che avrei frequentato ristoranti eleganti, persone raffinate e salotti esclusivi. Invece adesso mi sento fuori posto, come se vivessi la vita di qualcun altro. Non sono più a mio agio in luoghi come questo. Avrei solo voglia di mettermi le scarpe più consumate che ho e andare a bere una birra stendendomi su un tappeto di erba verde.

Per fortuna non è una cena intima o un'occasione per fare una presentazione ufficiale, non sono qui in veste di fidanzata di Nicolas, piuttosto è una riunione di addetti ai lavori che festeggiano l'uscita del film. Lui fa di tutto per coinvolgermi nei loro discorsi e io sono abituata a fingermi interessata a cose che non mi appassionano minimamente. Fino a quel momento il calore della mano di Nicolas posata sulla mia mi distraeva dalla tempesta di pensieri. Poi qualcuno inizia a parlare del film e qualcosa sul mio volto cambia. Appena sento il nome di Riccardo, una dolorosa fitta allo stomaco mi ricorda che ancora non ne sono uscita, che ci vorrà più di un bel sorriso e un abbraccio rassicurante per cancellarlo dalla mia testa.

"Avete visto che bravo è stato in quella scena?"; "Riccardo è davvero uno dei migliori attori in circolazione"; "Mi ha lasciato senza parole." Questo è l'unico modo in cui potrei definirlo anche io: l'unico al mondo capace di lasciarmi senza parole.

«Sei davvero meravigliosa» mi dice Martin, il padre di Nicolas. «Mio figlio non poteva trovare dea migliore» esclama guardandolo con sguardo fiero.Intanto tutti si alzano in piedi. La cena è finita e arriva il momento della verità. Riccardo sarà già lì? Sono davvero pronta a farmi vedere da lui con un altro?

«Vengo con voi!» ci dice Martin.

Così saliamo tutti e tre sull'automobile di Nicolas diretti alla sala cinematografica e io mi vesto del sorriso migliore, lo stesso che indossai quella sera a teatro prima di rivedere Riccardo. Entriamo nella sala gremita di gente e tutti gli occhi sono su di noi.

«Mio padre e il resto della produzione hanno i posti riservati in prima fila. Vuoi stare anche tu lì?»

«No, dai. Sediamoci qui dietro. Abbiamo passato già metà serata nella confusione, ora voglio restare un po' sola con te. Ti va?» gli rispondo, e il suo sguardo si illumina come se non stesse aspettando che questo.

Mentre ci sediamo ai nostri posti una persona inizia a parlare al microfono: è il regista. Annuncia che la proiezione inizierà a breve e intanto chiama sul palco i protagonisti del film. Riccardo però non c'è, a quanto pare è in ritardo e arriverà dopo. E io sono contenta di non dover scoprire ancora che effetto mi farà rivederlo dopo un mese, tutta questa storia della vendetta inizia ad eccitarmi sempre meno. Forse non sarei dovuta venire. Non sono quel tipo di persona, non lo sarò mai. L'unica cosa che desidero è essere felice. Vorrei che mi bastassero Nicolas e le sue mani intrecciate alle mie.

«Sono contento che tu sia venuta stasera. Mi piace stare con te. Mi sento felice» mi sussurra lui.

E in quel momento io mi sento una brutta persona, di nuovo. Sono molto più brava nella parte della vittima, perché quando frequenti un uomo anaffettivo, già impegnato o semplicemente stronzo, quella perfetta sei tu. Sei lì a piangere e a lamentarti perché lui non apprezza abbastanza la tua bellezza, la tua intelligenza o semplicemente il tuo modo di essere. Non riesci a pensare ai tuoi difetti perché sei concentrata sui suoi.

Invece quando trovi qualcuno davvero speciale viene fuori la tua vera natura. Perché ora è lui a essere quello perfetto, quello disposto a esporsi e a darti tutto quello che ha, mentre io sono di nuovo quella che nasconde pensieri e parole dietro sorrisi vuoti. Ma lui resterà lì perché gli piaci così, perché spera di poterti cambiare un giorno. E passeranno giorni, mesi, forse anche anni prima che si renda conto che nulla potrà cambiare, e allora prenderà un biglietto per Boston o forse per l'Australia e sparirà dalla tua vita. E tu capirai, di nuovo, di essere una stronza senza cuore, che preferisce fingere di averne uno solamente per dar la colpa agli altri dei suoi fallimenti.

Sono senza speranza. Dovrei appendermi un cartello sulla fronte per avvertire tutti coloro che mi incrociano sulla loro strada di scappare prima che sia troppo tardi. Se non lo fate adesso, succederà comunque dopo. Quindi salvatevi.

Durante la proiezione mi tengo stretta al braccio di Nicolas, come se avessi paura che persino il Riccardo sullo schermo possa portarmi via da lì. Il suo viso immobile può incantarti, ma quando si muove, quando apre bocca per dire anche la parola più banale, allora non hai possibilità di salvezza. Sei stregato!

Il film racconta la storia di una donna, Angela, sposata con Guglielmo, un uomo in fin di vita a causa di una malattia. Ha soltanto trent'anni, ma dieci anni prima ha deciso di sposare questo uomo affascinante e più grande di lei di venti. La loro era una storia romantica di quelle che, appunto, vedi soltanto nei film, e lei non riesce a rassegnarsi al fatto che lo perderà. Durante una giornata grigia, come tutte d'altronde, va in biblioteca a cercare un libro da leggere al capezzale del suo amato e lì incontra un uomo, anche lui sposato, con cui nasce subito un feeling. È un medico, che lei inizia a frequentare con l'illusione che possa darle una mano a trovare una nuova cura per la malattia di suo marito. Ma purtroppo non c'è nulla da fare. I loro incontri diventano quotidiani e vanno avanti per più di un anno, anche dopo la morte di Guglielmo. Finiscono per innamorarsi senza mai essersi sfiorati.

La loro diventa una relazione sentimentale profonda, che va avanti, e iniziano a fare progetti nonostante l'uomo continui a vivere il suo matrimonio. Lei invece resta ferma, legata alle false promesse di una vita insieme, che la spingono ad aspettare lui con impazienza, per tutta la vita.

L'epilogo della storia è tutt'altro che romantico, perché lei, incastrata in un amore senza via d'uscita, decide di togliersi la vita. Un film struggente, tanto che quando finisce mi lascia un vuoto nella pancia, come se avessi vissuto davvero quella storia. Ma i titoli di coda mi riportano alla realtà, quella in cui sto annegando nelle lacrime. Altra cosa da segnare in agenda: ricordati di essere meno emotiva, Virginia, perlomeno non quando sei truccata.

«Vado in bagno a controllare il trucco. Torno subito» dico all'orecchio di Nicolas.

Mi alzo e vado verso il corridoio cercando di non restare impigliata tra le poltrone con il mio abito lungo. Prendo un lembo tra le mani e percorro di corsa il passaggio poco illuminato che collega la sala ai bagni. Voglio tornare prima che riaccendano le luci. Ma una sagoma mi taglia la strada all'improvviso e finisco per scontrarmici di peso. La borsetta vola via aprendosi e spargendo chiavi, trucchi, caramelle per tutto il corridoio. Inizio a raccogliere velocemente le mie cose rimettendole nella borsa, e alzo lo sguardo verso il colpevole dell'incidente.

«Desideravo tanto incontrarti di nuovo, ma non mi aspettavo che succedesse stasera, in questo modo!»

Il sangue mi si gela nelle vene. Alzo lo sguardo e la sagoma contro la quale mi sono scontrata prende le sembianze di Riccardo. Il cuore inizia a battermi così all'impazzata che posso sentirne il rumore.

Senza che io riesca a dire e fare nulla, lui mi trascina nel bagno e mi abbraccia.

«Sei l'unica cosa che avrei voluto vedere stasera. Perché non rispondi più ai miei messaggi?» mi chiede con un filo di voce. Io lo spingo via, prima che provi a baciarmi. Non posso ricascarci proprio oggi.

«Sei qui con Ludovica?» rispondo mantenendo un atteggiamento distaccato.

«Questo non ha importanza. Rispondi alla mia domanda!»

Ma io resto in silenzio. Pensavo che rivedendolo avrei sentito di nuovo il bisogno di perdermi tra le sue braccia. Invece provo solo rabbia e risentimento.

«Cosa c'è? Hai un altro, vero?»

«Forse è meglio che tu vada in sala. Ti stanno aspettando tutti» dico io impassibile mentre mi dirigo verso il corridoio.

«Gigi, ti prego!» grida lui correndo dietro di me.

Ma io continuo a camminare verso la sala senza voltarmi, come se dietro di me non ci fosse l'uomo che amo. In lontananza vedo arrivare Martin che si dirige spedito verso Riccardo, e io resto lì in silenzio a sperare che non abbia sentito nulla. Poi si ferma davanti a me e mi fa cenno di seguirlo.

«Riccardo, ecco dove eri finito! Stanno aspettando tutti te. Magari dopo ti presenterò Virginia, la ragazza di mio figlio. Ora andiamo, non c'è tempo.»

Riccardo non batte ciglio. Le sue abilità attoriali si manifestano attraverso la sua naturalezza, come se non fosse sorpreso dalle parole di Martin, come se non mi conoscesse affatto.

Corro da Nicolas, vorrei solo andar via. Scappare da tutti, da Riccardo e dal suo mondo che non mi appartiene. Mi ha fatto male, e ora io ne sto facendo a lui. Siamo distruttivi insieme, ci procuriamo soltanto dolore. Propongo a Nicolas di comprare da bere e andare da lui, il film è finito e la nostra presenza non è più necessaria. Così lui mi prende per mano e andiamo verso l'uscita. Il cielo è di un nero profondo, inquietante, e una pioggia fitta bagna con violenza la città.

«Aspettami qui! Prendo la macchina e vengo a prenderti» mi dice baciandomi.

Mentre aspetto nervosamente all'ingresso del cinema sento di nuovo la sua voce, che sovrasta lo scroscio della pioggia.

«Complimenti! Se volevi farmi del male hai trovato il modo migliore. Farmi ingelosire con il figlio di Martin è una mossa veramente perfida.»

In quel momento non provo rabbia e neanche soddisfazione. Forse avrei fatto meglio a declinare l'invito a questa serata. Non sono una persona vendicativa, la gelosia di Riccardo non provoca in me nessuna gioia. Non so cosa mi aspettassi, ma non era questo quello che volevo.

«Riccardo, non è come credi. Ho iniziato a frequentarlo prima di sapere chi fosse. Te lo avrei detto appena avessimo avuto modo di vederci. Non mi andava di parlarne per telefono» dico provando a discolparmi, pur sapendo di non dovergli nessuna spiegazione.

«Virginia, risparmiami queste scuse patetiche. Non mi interessano. Tu puoi farmi tutto il male che vuoi, ma anche io sono innamorato di te anche se non potevo dirtelo… non posso dirtelo.»

La sua risposta mi arriva addosso come una secchiata d'acqua gelida improvvisa durante una giornata di sole. Di tutte le risposte, questa era l'unica che non mi sarei aspettata. Ma non ho il tempo di dire nulla perché sento il clacson di Nicolas. Riccardo mi implora di nuovo di non andare, mentre i suoi occhi si riempiono di lacrime. Non so se sia vero o stia recitando, ma non posso dargliela vinta.

«Ora devo andare. Ne riparleremo» rispondo mentre vado verso l'uscita.

Poi, subito dopo, una voce di donna mi pietrifica.

«Amore, cosa ci fai qui? Ci sono i giornalisti che ti aspettano!»

Ludovica cammina svelta verso Riccardo, ed è la seconda volta che vedo dal vivo sua moglie, la prima da quando frequento Riccardo. La mia rivale è lì davanti a me. Così vera, così vicina che potrei fare di tutto, anche dirle di noi.

«Arrivo! Scusa, ma ho incontrato Virginia Taiani per caso e mi sono fermato a salutarla. Te la ricordi? Abbiamo lavorato insieme a Parigi» dice lui fingendo ancora una volta con naturalezza.

«Sì, mi ricordo. Mi dispiace, questa sera andiamo tutti di corsa. Amore, dobbiamo tornare subito in sala!»

Mi sorride stringendomi la mano e io ricambio. Le dico che anche io stavo andando via e che mi ha fatto piacere rivederli entrambi. In realtà vorrei dirle che non sono qui per caso, che volevo rivedere Riccardo, suo marito. Che non importa quanto io vada lontano o quanto provi a scappare o a negare, tornerò sempre e inevitabilmente da lui.

Lui mi guarda per un secondo e ancora una volta riesce a scorgere quello che mi passa per la testa. Ma questa volta ha paura, per la prima volta lo vedo senza maschera, vulnerabile. In quel momento il suo destino è nelle mie mani.

Ma non faccio nulla. Non è questo il modo per ottenere quello che voglio. Allora saluto educatamente e vado via, lasciando Riccardo lì con la persona a cui appartiene davvero. Nicolas è fuori in macchina che mi aspetta da dieci minuti e io corro verso di lui provando a non bagnarmi tutto il vestito. Quando salgo lui non dice nulla e io nascondo dietro un sorriso la confusione che provo dopo aver sentito le parole di Riccardo.

L'auto sfreccia per le strade bagnate di Milano e io non potrei essere più confusa di così, oppure non ho più nessun dubbio ma non ho il coraggio di ammettere che sarei dovuta restare lì. Avrei dovuto gridare a Riccardo, a Ludovica e a tutto il mondo quello che provo davvero. La persona di cui sono innamorata, ma con cui non posso stare, mi ha appena detto che ricambia i miei sentimenti. Mentre accanto a me ho un ragazzo splendido con cui potrei iniziare una storia serena, senza sofferenza, ma per cui non provo niente. Bene. Complimenti per la coerenza, Virginia. Scappi via dalla persona che ami per andare a casa di un uomo che non hai intenzione di amare. Ha tutto molto senso.

Nicolas si ferma nell'unica enoteca ancora aperta a comprare una bottiglia di vino. Io intanto resto in macchina a ripensare a quanto successo in questa giornata.

Come è possibile che non riesco mai a vivere una storia normale? Sarebbe meglio se mi chiudessi in casa senza avere più contatti con il mondo reale. Sono una calamita per le situazioni assurde e senza senso. Lui rientra in macchina e mi bacia. Il suo sguardo sembra quello di un bambino davanti a un cesto di caramelle. E io so di meritare una persona così. Ho la possibilità di essere felice, di uscirne prima che sia troppo tardi, e vorrei essere capace di non perderla. Riccardo è un mondo fatto di parole – fantastiche, profonde, emozionanti – ma solo parole. Mentre Nicolas non si riempie la bocca di progetti e promesse. Si limita a fare piccole cose ogni giorno per farmi sentire importante. Vedi, Virginia? Ti sei risposta da sola. Ora va' da lui e volta pagina.

Mi risveglio che è ancora notte fonda e Nicolas è nudo che dorme accanto a me. Mi alzo dal letto lentamente facendo di tutto per non svegliarlo, perché sarebbe imbarazzante se mi vedesse mentre cerco i miei vestiti al buio come una disperata. Li trovo ai piedi del letto, li indosso e scappo via.

Non amo dormire in compagnia. Oppure quello che voglio evitare è il risveglio accanto a qualcuno. La notte, quando è buio, sembra tutto diverso. Le luci fioche mettono in evidenza solo i dettagli migliori e l'alcol anestetizza, confonde e rende tutto più ovattato. Ha il potere di spegnere il cervello e farti vivere senza troppi pensieri. La mattina invece illumina tutto, come i riflettori che si accendono su di un palcoscenico. Devi confrontarti con la realtà e ti ritrovi immerso nell'odore di un altro individuo. E spesso non è come lo avevi visto la sera prima. Ti vergogni quasi delle parole che hai detto, perché la notte non ha saputo portarle via con sé.

Chiamo un taxi per farmi riportare a casa. Intanto mi guardo intorno, perché so che è l'ultima volta che vedrò questa casa. La adoro dal primo momento che l'ho vista e penso a quanto mi sarebbe piaciuto vivere qui. Magari saremmo stati felici insieme. Io avrei portato tutti i miei strumenti di lavoro e li avrei messi lì, in quell'angolo dietro il tavolo in mogano. Avrei portato i quadretti presi a Parigi e li avrei appesi in cucina, sulla parete dietro il forno a microonde. I vestiti sarebbero entrati tutti nel suo armadio nero? Avrei potuto metterli nel ripostiglio, trasformato in cabina armadio.

Sarebbe andata così, lo so. Se solo avessi la capacità di agire con razionalità, se solo sapessi fermare il predominio del cuore. Se solo sapessi prendere le decisioni giuste.

Durante il tragitto da casa sua alla mia, guardo fuori dal finestrino e la pioggia incessante dona a Milano un'aria misteriosa. La mia mente è carica di pensieri, di immagini. Provo a non pensare ma, come un film, rivedo ogni momento e ogni dettaglio delle ultime ore passate con Nicolas.

È stato tutto bellissimo. Lui è dolce, gentile e romantico. Non poteva capitarmi di meglio. Potrei passare le ore a elencare tutti i suoi pregi, dal suono delicato con cui le parole gli escono dalla bocca al tocco delle mani sulla mia pelle, ma qualcosa dentro di me continuerà a ricordarmi che non è Riccardo.

Mentre ero lì, nuda nel letto, non facevo altro che rivedere il suo viso. Neanche con gli occhi aperti, immersa in quelli di Nicolas, riuscivo a togliermi dalla testa il sorriso di Riccardo.

Non ci sono altre mani che possano risvegliare la mia carne, né abbracci capaci di riscaldarmi il cuore. Come un pugno nello stomaco, come un calcio nelle reni, il mondo mi ha ricordato che non posso scappare dai miei sentimenti. Che è inutile fingere di non amarlo. Ma non so come si fa. Come si fa ad amare qualcuno che non potrai avere mai?

Se fossi diversa, probabilmente ora scapperei il più lontano possibile da Riccardo. Se lo fossi, chiuderei in un forziere il mio cuore e andrei a buttare tutto nelle profondità dell'oceano. Se solo avessi la capacità di amarmi e di preservarmi dal dolore, probabilmente farei la scelta giusta.

Nicolas mi ha chiamata subito l'indomani mattina e mi ha raggiunto a casa. Abbiamo fatto colazione insieme e gli ho chiesto scusa per essere sparita. Gli spiegato che non mi sento pronta ad avere una relazione al momento e che mi dispiace di averlo illuso, anche se non è la verità. Sono pronta, lo sono come non lo sono mai stata. Ma non con lui.

Nicolas non ha reagito male. Ha capito la situazione e ha lasciato andare le cose senza drammi. Lui non è come me. È una persona equilibrata che sa che non ha senso perdere tempo dietro a qualcuno che ha altro per la testa. Che non c'è niente di eroico o valoroso nel provare a entrare nel cuore di chi è altrove. Poi ci salutiamo. Sappiamo entrambi che continueremo a vederci durante le uscite di gruppo ma non sarà più come prima. Io prendo la mia borsa ed esco di casa. Passando davanti alla cassetta della posta noto una busta rossa con il mio nome scritto sopra.

La lettera ha un odore inconfondibile ed è quello che in fin dei conti stavo aspettando. Io non avrei avuto il coraggio di rifarmi viva con Riccardo senza aver prima ricevuto un suo segnale o forse per orgoglio non avrei mai fatto nessun passo verso di lui dopo averlo sbattuto fuori casa l'ultima volta.

Vorrei che in questa lettera ci fosse scritto che finalmente ha lasciato Ludovica, che ha deciso di essere felice con me. E se invece ci fosse scritto il contrario?

Apro subito la busta per scoprire cosa contenga.

Ciao principessa,

è difficile descrivere così tante sensazioni. Non riesco nemmeno a distinguerle. Sono aggrovigliate ma proverò a snodarle a una a una. Cominciamo con le più semplici.

Sono totalmente impotente di fronte a te. Se da lontano riesco a gestire le emozioni, quando ti sto a meno di un metro divento incapace di pensare. Riesco a fare lucidamente una sola cosa: guardarti.

Mi sento responsabile nei tuoi confronti, perché devo affrontare sentimenti grandi senza potermi lasciare andare. Lo scarto fra il tempo che dedico al pensiero di te e quello che condivido con te è immenso. Non è facile condurre una vita come la mia, desiderando costantemente di essere da un'altra parte. Ma al momento non può essere diversamente.

Io non voglio arginarti. Voglio riempirmi di te ogni minuto della mia giornata, ma ho anche paura di farti soffrire. A volte passo più tempo a cercare di non farti del male che a trovare modi sempre nuovi per farti stare bene.

Sono schiavo della tua dolcezza, della tua bellezza, della tua sensualità. Ma anche della tua fragilità.

È un cocktail che ubriaca al primo sorso. E poi non si riesce più a smettere.

Sapevo che sarei stato rimpiazzato prima o poi, ma non sarò mai capace di chiudere con te e non lo vorrò mai. Dammi solo altro tempo e ti prometto che un giorno ci saremo solo io e te. E nessun altro. Se provi ancora qualcosa, se vuoi darmi un'altra occasione. Io sono qui ad aspettarti.

Riccardo

Lui ha la capacità di mettere su carta tutto quello che prova. Io, invece, con le parole sono un disastro e mi viene più facile prendere la borsa e correre verso il suo ufficio.

Ci sto ricascando, ma non posso farne a meno. Forse qualcuno capirà quando parlo dell'emozione più intensa che si possa provare. Quella che parte dallo stomaco e velocemente pervade tutto il tuo corpo, i tuoi organi e i tuoi muscoli. Un'esplosione. Lui è il sorso d'acqua dopo una faticosa scalata, il primo morso del tuo cibo preferito dopo una settimana di dieta, il viaggio che hai sempre desiderato e che stai finalmente per intraprendere.

Non troverai mai più nulla di meglio, nessun altro riuscirà a farti provare le stesse sensazioni. Nessuno.

Avrei voluto sparire, avrei voluto dimenticare. Quello che invece ho capito è che voglio lui. Mi guardo intorno e non c'è nessuno che riesca a farmi sorridere come ci riesce lui. Riccardo è tutto ciò che desidero.

Sentimenti come questo possono terrorizzare, ti fanno sentire vulnerabile come se fossi in sala operatoria con il torace aperto. Non hai armi per difenderti, non hai scampo.

A volte penso che ne vale la pena e che, prima o poi, saremo felici insieme senza tutti questi limiti, senza i "non posso", senza i sensi di colpa e i minuti strappati alla quotidianità che lasciano sempre dei vuoti incolmabili.

Vorrei soltanto averlo conosciuto prima, o rinascere domani e incontrarlo in un'altra vita. Dove lui non ha addosso il peso del suo passato e dei suoi doveri. Dove io sono un foglio bianco su cui scrivere una storia nuova. Ma tutto il bello che ci è successo, ci è successo in questa vita, e le dobbiamo molto.

Ci ha regalato momenti e sensazioni che non dimenticheremo mai. Ci sono persone che non vivono un amore così nemmeno una volta in un'esistenza intera. A noi è toccato in sorte nei giorni sbagliati, però ce l'abbiamo e ci rimarrà dentro per sempre.

«Chi è?» dice una voce metallica attraverso il citofono.

«Virginia» rispondo con sicurezza, senza pensare che dall'altra parte potrebbe esserci chiunque.

Presa dal panico, decido di andar via. Come mi è venuto in testa di presentarmi qui senza avvisare?

Mi volto per scappare, ma in quel momento sento il rumore della porta che si apre. Non mi giro finché non odo la sua voce.

«Sono settimane che ti aspetto. E, in un certo senso, da tutta la vita.»

È lunedì ma oggi non si lavora: è Sant'Ambrogio. Sono seduta sullo sgabello della cucina sorseggiando un caffè. Il primo sole del mattino illumina tutta la stanza svelando i suoi colori candidi.

È una casa piccola: una sala con cucina, un bagno e una camera da letto. Parquet rovere, muri con mattoni a vista e arredamento sulle tonalità del bianco. Ho curato tutto nei minimi dettagli e con tanto amore. È l'unico luogo in cui mi sento tranquilla e al sicuro. È il mio nido.

Quando poi c'è Riccardo intorno, diventa l'unico posto al mondo in cui vorrei essere. Lui è in camera che dorme, ha passato la notte da me e io lo lascio riposare. Ogni tanto Ludovica sta via qualche giorno con le bambine, così lui ha il tempo di dedicarsi un po' a se stesso, ai suoi hobby e anche al riposo.

Entro lentamente in camera e un raggio di luce si fa spazio tra le persiane chiuse illuminando il suo viso. Non voglio svegliarlo, ho solo voglia di sedermi sulla poltrona di pelle rossa accanto al letto e guardarlo.

Solitamente abbiamo i minuti contati, sono rare le circostanze come questa e io non voglio perdermi lo spettacolo dell'uomo che amo mentre sogna tra le mie lenzuola. Sembra un angelo. Stamattina i suoi capelli neri sono scompigliati dalla nottata. Mi rimprovera sempre scherzosamente che gli impedisco di riposare e io, per tutta risposta, gli dico che a quarant'anni non riesce a reggere i miei ritmi. Ma la verità è che quando è vicino a me io perdo il controllo.

Non riesco a smettere di toccare il suo corpo, baciare le sue labbra sottili e cercare avidamente le sue mani. Involontariamente lo spoglio con gli occhi, sempre. Anche quando siamo per strada, anche tra la gente, non riesco a smettere di fare l'amore con i suoi occhi.

Vorrei entrare nel letto ora e infilarmi tra le sue braccia, ma so come siamo fatti e probabilmente resisteremmo due minuti scarsi prima di accenderci ed esplodere insieme. Vorrei, ma oggi ho paura. La mia mente è altrove, e se lui dovesse svegliarsi capirebbe subito il mio tormento.

Non mi era mai capitato prima e non so come ci si comporta. Non riesco neanche a dirlo a me stessa. Come si fa a dire all'uomo che ami – ma con il quale al momento non puoi avere una relazione "normale" – che potresti essere incinta?

Ieri, cogliendo la mia disperazione, Azzurra si è fiondata a casa mia con un test di gravidanza. So che non sono attendibili e, anche quando risultano positivi, bisogna comunque fare dei controlli approfonditi.

Non sono una che chiede aiuto con facilità, soprattutto in casi come questi, in cui mi rendo conto di aver fatto una grande cazzata. Ma se non avessi avuto lei accanto, in quel momento probabilmente sarei impazzita.

È stata con me durante ogni passaggio, fino all'attimo in cui entrambe abbiamo visto le due lineette apparire con fierezza, come a dire: "Sei fottuta, Virginia!".

Ho sempre creduto che queste cose succedessero solo agli altri e non a Virginia la Superdonna. Ho peccato di presunzione, sono stata irresponsabile e adesso mi trovo in questa situazione. Ho già fissato le analisi per lunedì mattina e non voglio dirgli nulla, non voglio rovinare il suo week-end. E se fossi davvero incinta, come la prenderebbe? Come potremmo avere un bambino in questo momento? E se non fosse di Riccardo ma di Nicolas?

Ma dove avevo la testa? Sono un'irresponsabile. È mai possibile che davanti a un bel sorriso tu perda completamente la capacità di ragionare? Sei soltanto una ragazzina immatura rinchiusa in un corpo di donna, che continua a spogliarsi con leggerezza davanti a qualunque ragazzo carino che la faccia sentire importante.

Un sospiro di Riccardo mi riporta alla realtà.

«Buongiorno, amore, vieni qui!» mi dice lui con gli occhi ancora impastati dal sonno.

Poi mi tira a sé. Prende con impeto i bordi della mia camicia da notte e la tira fin sopra i fianchi.

Lo lascio fare mentre sfila il mio tanga di pizzo e lo lancia verso la poltrona su cui ero seduta fino a pochi minuti fa. Mi stringe le mani e spinge ripetutamente il bacino verso il mio. Poi gemendo mi morde le labbra e io per un attimo dimentico tutti i miei problemi. Lui riuscirebbe a farmi dimenticare anche le cose più terribili solo con un bacio. Mi sfiora la nuca, mi tira i capelli e poi si ferma, come se volesse far crescere la mia voglia di lui. Sono in equilibrio tra l'inferno e il paradiso, completamente in suo possesso, mentre il mio sguardo gli dice di continuare.

Lui ricomincia a muoversi, lentamente. I nostri respiri accelerano sempre più e sento il suo cuore battere con violenza contro il mio petto. L'orgasmo è così forte che inizio a piangere, mentre il mio corpo viene scosso completamente dagli spasmi. Mi abbraccia e restiamo così, in silenzio, per almeno dieci minuti. La mia mente è libera da tutti i pensieri e quasi mi addormento. Poi la sua voce spezza il silenzio.

«Ho trovato il test in bagno ieri sera.»

Mi giro di colpo e lo guardo incredula. Azzurra deve averlo lasciato nel cestino del bagno.

«Perché non mi hai detto nulla, Gigi?» continua lui.

Io tremo mentre provo a dire qualcosa di sensato. Lui non sembra arrabbiato. È sempre calmo, quasi in maniera inquietante, come se tutto questo non stesse succedendo a lui.

«Non sapevo come dirtelo. Ho paura, Riccardo. Volevo aspettare di avere la certezza prima di parlartene.»

«Stai tranquilla, amore, andrà tutto bene. Io sarò con te qualsiasi cosa accada» mi dice abbracciandomi.

È facile credere che andrà tutto bene quando sono tra le sue braccia. È semplice qualsiasi cosa, finché lui non uscirà da quella porta e io tornerò a essere soltanto la sua amante, la parentesi settimanale. Qui si parla di un bambino? Come posso crescere un figlio con un uomo che ha già una famiglia? Come può dirmi in maniera fredda e risoluta che andrà tutto bene?

Non andrà tutto bene.
Sarà un disastro.
Io e lui insieme non siamo nient'altro che un disastro.

Ti piace proprio tanto soffrire, vero, Virginia?

Stenderti sul pavimento freddo e lasciare che le tue ferite sanguinino senza sosta.

Rotolarti soddisfatta dentro il tuo stesso dolore come piace fare ai maiali tra il fango e il letame.

Scegli di vivere a occhi chiusi lasciando che tutto ti scivoli addosso,

aspettando che il tempo passi per vivere soltanto quei momenti con lui.

Cosa c'è di bello?

Cosa c'è di logico?

C'è il capriccio di una bambina che vede il suo giocattolo preferito in vetrina e si aggrappa in maniera smaniosa alla gonna della mamma per convincerla a comprarglielo.

Cosa c'è di vero in tutto questo?

Dov'è l'amore, tra una ragazza persa e un uomo smarrito allo stesso modo?

Il tuo non è amore.

La tua è pura e distruttiva ossessione.

Continui a ripetere a te stessa che non è vero.

Che tu sai cosa vuol dire amare, che non l'hai mai provato ma stai imparando.

Continui a credere che, come un genitore insegna al proprio figlio a camminare, Riccardo possa prenderti per il cuore e accompagnarti verso la scoperta di un sentimento vero.

E improvvisamente non sai con chi parlare.

Non sai a chi dire che la tua è una malattia che non passa.

È il non sapere amare.

O farlo senza misura.

Troppo

Troppo poco.

In maniera sbagliata.

Profondamente.

Superficialmente.

Violentemente.

Quell'amore che quando ci sei dentro non puoi uscirne più,

puoi restarci per sempre e nello stesso tempo finisce in un secondo.

Quello che mi ha sempre spinto a tenermi distante dall'amore non è cinismo o mancanza di sensibilità, ma piuttosto una sorta di autodifesa. Se esistesse un centro di ascolto per Amatori Anonimi, probabilmente io ci andrei di corsa.

Già immagino la scena. Una vecchia cantina puzzolente, oppure uno stanzone stile Fight Club in cui si riuniscono persone disperate e distrutte per amore. Tutte silenziose, con il respiro affannoso tipico di chi ha un groviglio di emozioni ammassate nella gola e non riesce a tirarle fuori. Hanno tutti un colorito spento, così come la luce è assente dai loro occhi contornati da occhiaie violacee. E poi ci sono io, in piedi, a parlare del mio problema.

«Io sono Virginia.»

«Ciao, Virginia!»

«Ho trent'anni e sono dipendente dall'amore.»

Ci sono persone che abusano di alcol, sostanze stupefacenti o psicofarmaci. Altre hanno problemi con il cibo e mangiano troppo o troppo poco. Io ho un disperato bisogno di amare e di essere amata. Un'esigenza così forte, travolgente e distruttiva che ho deciso di non farmi più avvicinare da nessuna forma di amore. Come si fa con un cane randagio. Sciò. Va' via! Lontano dalla mia vita.

«Oggi sono esattamente venticinque anni che non amo.»

I primi sintomi li ho avuti a cinque anni, quando vedevo i papà delle mie compagne di scuola che aspettavano sorridenti nelle loro utilitarie. Quando provavo a chiedere di lui a mia madre il suo volto cambiava, come se la malattia oltre a portarsi via lui, avesse preso anche il suo cuore e lo avesse fatto a brandelli. Nella mia testa avevo creato una mia idea, un "padre immaginario" che veniva a prendermi ogni mattina per portarmi a scuola e mi accompagnava dal dentista perché, quando facevo la brava, mi regalava sempre una Polly Pocket.

Ma lui non c'era davvero, era tutto nella mia testa. Non so perché facevo tutto ciò, non capisco perché volessi torturarmi così tanto. Penso però che tutte le bambine hanno bisogno dell'approvazione del padre, di una carezza in un momento di debolezza, di sentirsi dire che sono le più belle e le più brave. Tutte le bambine meriterebbero di avere il proprio supereroe personale. Tutte, tranne me.

So che la colpa non è sua, non ha deciso lui di ammalarsi e di sparire dalla mia vita. Ma soffro perché non era con me quando preparavo un compito in classe importante, quando ho imparato a guidare la macchina oppure quando avevo bisogno di una punizione per essere scappata di notte con il mio fidanzatino per andare a dormire in spiaggia. Non ho mai avuto accanto una figura autoritaria, una guida. Così sono cresciuta con l'idea che dovevo bastare a me stessa, sostenermi da sola e non permettere mai a nessuno di ferirmi.

Poi ho conosciuto Andrea. Siamo stati amici per anni, finché siamo cresciuti e ci siamo resi conto che il nostro sentimento andava oltre. Il mio primo bacio, la mia prima volta. La prima volta che mi sono lasciata andare, che mi sono affidata a qualcuno. Perderlo è stato come perdere di nuovo mio padre. Ero di nuovo sola contro il mondo.

E da quel momento non ho permesso più a nessuno di toccarmi dentro e farmi del male. Come se l'amore dovesse sempre far male. Perché poi dovrebbe far male?

È stata la settimana più lunga della mia vita. Non ero così in ansia da quando aspettavo l'ammissione all'Accademia di Moda di Milano. Quella notizia avrebbe cambiato definitivamente la mia vita e vi riponevo tutte le mie aspettative. Una risposta negativa probabilmente avrebbe infranto tutti i miei sogni. Questa volta, invece, l'esito negativo è il mio più grande desiderio.

È buffo, no? Desiderare tanto una persona fino a sperare che lasci tutto per fare un salto nel vuoto con te e poi, quando si è prossimi a quel passo, tirarsi indietro come se il vuoto facesse troppa paura.

Anche Riccardo è pensieroso, si starà chiedendo in che razza di situazione si sia andato a cacciare.

E io per prima capisco quanto possa essere difficile rinunciare a qualcosa che ti si pianta nelle budella e ti rivolta l'anima. Ma non si può sempre vivere di pancia, non si può lasciar vincere ogni volta l'istinto. Bisogna usare la testa se non si vuole perdere la strada, lasciar decidere ogni tanto al cervello.

Perché il cuore è matto. Ti prende per mano con fare sicuro illudendoti di avere tutto sotto controllo e poi ti conduce lontano dalla riva, ti accompagna in labirinti immensi e ti abbandona lì senza lo straccio di un indizio, senza un sassolino che ti porti verso l'uscita.

Io questa presunta gravidanza la prendo come un avvertimento, un segnale che dice di fermarmi qui. Il test fortunatamente era solo un falso positivo. Non ci sarà nessun bambino, nessun discorso difficile da affrontare con Ludovica, nessuna situazione imbarazzante per me da spiegare alla mia famiglia. Quando gli mostro le analisi mi guarda quasi con dispiacere, come se avesse desiderato davvero un bambino da me.

«Ho passato la vita a scappare dalla normalità. Poi mi ci sono dovuto adeguare per età, convenzione, vincolo. Tu sei il cromosoma impazzito che riaccende le mie cellule, il vento che scoperchia le case, la scossa che rianima i tessuti. Ogni volta che posso guardarti negli occhi è un giorno guadagnato nella mia vita.»

«Allora cosa aspetti? Che senso ha continuare questa recita in un matrimonio che oramai non funziona?»

«Da quando ho visto il test nel tuo bagno ho iniziato a pensare davvero al nostro futuro. Lo so che è strano, è assurdo persino per me, ma immaginavo già un bambino con i miei occhi e il tuo sorriso.» Poi si ferma e si tocca il naso, come fa sempre, e riprende a parlare: «Oppure una bambina. Ma non bella come la mamma, altrimenti sarei impazzito di gelosia!».

«Appena Ludovica è rientrata quella sera ho provato a parlarci. Le ho spiegato che non ero felice, non sono riuscito a dirle di noi, ma ho sperato che lei lo capisse da sola. Ma non me la sono sentita. Ha iniziato a singhiozzare e ho dovuto chiudere lì la discussione per non svegliare le bambine. Non so davvero come uscirne, non credere che sia più facile per me.»

Questa storia della gravidanza gli abbia fatto capire quello che prova davvero per me mentre io, al momento, vorrei solo scappare il più lontano possibile. Ho paura che non troverà mai il momento giusto per dirlo a Ludovica e non voglio ricascare di nuovo nella dipendenza. Questa settimana ho immaginato il resto della mia vita e mi sono vista tra dieci anni ancora qui, su questo divano bianco, ad aspettare lui nei suoi ritagli di tempo. Nessuno accanto a me il giorno del mio compleanno, nessuno da portare in famiglia a Natale e, soprattutto, con cui condividere la mia vita quotidiana fatta di gioie e di delusioni.

Vorrei credere in lui, davvero. Vorrei credere che un giorno troverà il coraggio di dirlo a sua moglie e che finalmente potremmo vivere la nostra storia alla luce del sole. Ma non ci sarà mai un lieto fine per noi due. Non sceglierà mai me.

«Ora devo andare. Ti prometto che le parlerò. Dammi solo un altro po' di tempo.»

Lui è già lì, pronto per andare via, e io prendo coraggio. Sospiro ma non riesco a parlare, dico soltanto: «Metto il cappotto e ti accompagno a prendere la macchina».

Così scendiamo in strada, ma ha appena iniziato a piovere e noi siamo senza ombrello. Riccardo ha cambiato espressione e mi sorprendo ogni volta, quando lui intuisce le mie parole prima che mi escano dalla bocca. Si ferma e mi abbraccia come se aspettasse soltanto il momento in cui io deciderò di premere il grilletto per colpire il suo cuore. Io inizio a parlare tutto di un fiato, perché se lo guardassi negli occhi mi pentirei subito di quello che sto per dire.

«Riccardo, sono al limite. Anzi sono di fronte a un muro. Non posso più sentirmi in colpa, non voglio più essere la seconda scelta, la strega cattiva della favola. Voglio essere felice, voglio avere qualcuno a cui poter dare qualcosa e dare me stessa. Ho bisogno di farlo, perché altrimenti esplodo.»

Riprendo fiato e ricomincio a parlare: «Vorrei crederti davvero. Ma sono mesi che va avanti questa storia senza che tu faccia nulla. Ho bisogno di fatti adesso, le parole non bastano più».

Lui resta in silenzio per qualche secondo. Poi alza lo sguardo rassicurante che mi ha fatto innamorare, e inizia a parlare.

«Ho dato tutto quello che avevo, e ciò che non avevo l'ho inventato per te. Sei il primo pensiero del mattino e l'ultimo prima di coricarmi. Credimi quando ti dico che non avevo mai incontrato una donna in grado di darmi così tante sensazioni diverse. Ma non posso fare le valige e andare via da casa. Non ora. Ho bisogno di tempo. Forse un mese o forse anche un anno. Ma adesso non posso.»

Il mio corpo è immobile mentre, dentro di me, c'è l'altra Virginia che spinge contro le pareti del petto e vorrebbe gridargli di non andare via. Ma non posso continuare a correre dietro le sue promesse.

«Se un giorno vorrai tornare, io ci sarò sempre. Perché quello che provo per te va oltre ogni cosa.»

Ancora in silenzio inizio a piangere, così forte che neanche la fitta pioggia riesce a nascondere le mie lacrime. Il mio pianto fa rumore, scalpita e sanguina.

Lui mi tira a se ma io lo respingo. Voglio dimenticare da subito cosa si prova a perdersi nel suo abbraccio.

Riccardo – 19:07
Sei entrata nella mia vita come un fulmine.
Non ti ho cercata, non eri prevista.
Sei arrivata al compimento dei miei quarant'anni, nel momento in cui pensavo che avrei definitivamente chiuso con alcuni capitoli del mio passato. Un momento di riflessione, di disequilibrio, una stagione della mia esistenza nella quale l'uomo che vedevo allo specchio cominciava a sembrarmi più pieno di ricordi che di prospettive: invecchiato, stabile, ormai fuori dalla maggior parte dei giochi.

Poi ho conosciuto te. Bellissima, intelligente, sensuale, piena di vita, di possibilità.

La donna dei sogni che avevo sperato di incontrare da sempre. E volevi me. Era assurdo. Proprio me, che non potevo averti. Ma era impossibile non pensarti, lasciare che mi passassi davanti senza provare a prenderti.

Mi hai fatto sentire così bello, così giovane, così capace. E quando ti sei lasciata toccare per la prima volta ho capito che ero fottuto. Fare l'amore con te era estasi pura, ma mi bastava guardarti per perdere il senso della realtà.

E nel tempo hai cominciato ad assecondare le mie fantasie... un vortice di desiderio. E contemporaneamente di straziante consapevolezza: sapevo che un giorno tutto sarebbe finito.

Ho provato a darti tutto ciò che potevo, nel tempo

che mi è stato concesso. Ma era chiaro che a un certo punto non sarebbe stato più sufficiente.

Ma non posso lasciare Ludovica, non sono capace adesso e, nonostante io non sia pronto a perderti, accetto la tua decisione di non aspettarmi.

Fai tesoro del percorso fatto insieme. Io torno ai miei quarant'anni e alla mia vita senza di te.

Nell'estate del 2009 mi sono trasferita dal mio piccolo paesino alla grande città ed è stato uno dei momenti più difficili della mia vita. Non mi sentivo pronta, non mi sentivo grande abbastanza per affrontare la vita da sola. Ero un uccellino che fino al giorno prima veniva nutrito dal becco della madre, e che improvvisamente si ritrovava catapultato nel mondo reale.

Quando prepari la valigia con cui partirai per trasferirti in un'altra città, vorresti metterci di tutto. Dai peluches che hai avuto intorno fin dall'infanzia, a tutti i vestiti indossati l'ultima estate nel tuo paesino. Poi ti siedi, inizi a fare una selezione e ti chiedi: se dovessi racchiudere la mia vita in 23 kg cosa sceglieresti? A diciotto anni avrei messo dentro quegli abitini che mi facevano sentire carina, i trucchi rubati alla mamma, i diari di scuola pieni di frasi e di ricordi, tutte le fotografie delle vacanze con le amiche e le lettere che mi ha lasciato Andrea prima di partire. A distanza di qualche anno, invece, penso che la riempirei volentieri di persone, quelle che amo di più, per averle sempre accanto.

Penso che sarebbe tutto più leggero se ci fosse mia madre da cui scappare per una tisana dopo una giornata lunga e fredda, oppure mia sorella con cui chiacchierare davanti a un bicchiere di vino. E le amiche, quelle che ho dai tempi della scuola, con cui girare in macchina cantando a squarciagola qualche canzone imbarazzante oppure gli amici, con cui tirar fuori il maschiaccio che c'è in me.

In questo momento sto preparando la valigia per i piccoli spostamenti. Torno a casa per Natale, che è da sempre la mia festa preferita, dopo il mio compleanno. Le luci, i colori, i profumi e il calore del camino sono cose che ogni anno mi stupiscono come la prima volta. E poi non sarebbe lo stesso senza la mia bellissima famiglia. È una di quelle molto numerose, formate prevalentemente da donne appartenenti a quattro generazioni. La vigilia di Natale è un rito sacro per noi.

Già dagli inizi di dicembre iniziano le telefonate tra cugine e zie per organizzare il menu della cena, mentre per il pranzo di Natale ognuna ha l'incarico di preparare qualcosa. Da piccola riuscivo a cavarmela con qualche cestino di frutta o dei biscottini, ma adesso sono grande e mi è toccato rinnovarmi. Così ho creato la mia nuova specialità: lasagna di zucca.

Un altro Natale a casa, un altro senza nessuna persona speciale accanto. Nonostante abbia deciso di lasciare Riccardo, non riesco ancora ad allontanarmi dall'idea di noi. Chiudo la valigia e mi chiedo se effettivamente lui, con tutte le sue esperienze e le sue idee, ci sarebbe entrato con facilità. Se avrebbe apprezzato la mia cucina, il volume troppo alto della voce di nonna, i giochi imbarazzanti che ogni anno propone mia cugina Vittoria. Mi piacerebbe averlo accanto a me, presentarlo a mia madre per sapere il suo parere, vedere nei suoi occhi un cenno di assenso e poi farlo giocare con le mie nipotine, che sono certa lo adorerebbero. Vorrei sentire le sue braccia che mi cingono mentre tiro fuori la lasagna dal forno, sapendo che non vede l'ora di assaggiarla. Vorrei vedere la faccia dei miei amici, che da anni mi prendono in giro dicendo che non esiste nessuno capace di sopportarmi, e il sorriso di mia nonna, che sarebbe finalmente felice di avere qualcosa di cui vantarsi con le amiche.

Ho questo nodo alla gola che non riesco a sciogliere. Ma lui non mi manca, o meglio, è qualcosa di più. Mi chiedo se esista qualcuno capace di inventare ogni volta un modo diverso per esprimere il concetto di mancanza. Perché Riccardo mi manca ogni secondo in un modo differente. Ogni volta, la sua assenza prende una forma nuova, e racchiudere tutto nel solito "mi manca" diventa riduttivo.

Di solito i miei rapporti si consumano velocemente come un fiammifero, e quando finiscono sono subito pronta a buttarli via. Non lasciano traccia, non fanno male. Invece questa volta è diverso, perché mi sono imposta una fine che dentro di me ancora non è avvenuta. Sto forzando il mio cuore a non amarlo e il mio corpo a non desiderarlo. Fingo di avere la certezza di aver preso la decisione giusta.

Quando ti imponi di non soffrire, di dare l'impressione che tu sia al meglio della tua forma, diventi un personaggio, una maschera. Non puoi mostrare i tagli sulla pelle alle persone che hai intorno, perché non vuoi che gli altri ne soffrano. Non vuoi ammettere di aver sbagliato, di aver sottovalutato le conseguenze di una relazione pericolosa, anche se stupenda. Ho indossato il mio vestito migliore e ora sono pronta a tornare a casa anche se, nonostante il sorriso sulla mia faccia, senza di lui fa tutto più male.

La punta dei piedi è più fredda del solito e le caviglie reggono con fatica il peso del corpo. Le gambe sono fragili e, salendo verso l'inguine e l'intestino, puoi avvertire i contorni definiti di un nodo ben stretto. Sospeso tra ansia e paura. Il cuore batte più forte, o forse non batte e sono le costole che si stringono e provocano forti fitte, mentre il respiro è lento come se i polmoni non volessero più dare aria a questo corpo sofferente. Le spalle, il collo, la schiena sono contratti. E il viso è soltanto una maschera che nasconde un uragano di pensieri impazziti. Tutta questa recita, tutta questa anatomia di un dolore, da nascondere alle persone. Da bloccare tra il petto e la gola per far uscire dalle corde vocali solo suoni leggeri e parole felici.

Aver trovato l'anima gemella non vuol dire aver trovato la persona con cui starai tutta la vita. Forse con quella persona non ci starai mai, resterà soltanto un desiderio irrisolto, un sogno irrealizzato. E ciò che non vivi, ciò che non hai avuto il tempo o la possibilità di vedere, puoi idealizzarlo in mille modi possibili. Di solito vediamo soltanto il bello che ci siamo persi.

Magari avremmo deciso di passare la vita insieme, magari sarebbe stato tutto perfetto per qualche tempo ma dopo un po' tutto l'amore sarebbe sparito. Avrei iniziato a odiare il suo modo fastidioso di spremere il tubetto del dentifricio dal centro, i calzini sporchi lasciati sul pavimento e il brutto vizio di addormentarsi sul divano appoggiando i piedi sul tuo libro preferito, all'angolo del tavolino di legno.

Mi risveglierei un giorno, e voltandomi dalla sua parte del letto, inizierei a chiedermi chi è questo sconosciuto che ho accanto. Come ho potuto sopportare il suo odore per tutto questo tempo, perché in quel momento non lo sopporto più. Cosa ti ha spinto a tollerarlo? Riuscirai a farlo per sempre?

Finisce sempre così, vero? All'inizio crediamo di aver trovato la persona giusta. Siamo innamorati, infatuati, per alcuni versi persino totalmente scemi. Poi l'effetto passa, svanisce come quello di una droga e lucidamente ci rendiamo conto che per ore, mesi o, se si è più "fortunati" anni, abbiamo permesso a un completo sconosciuto di sfondarci lo sterno e prendere possesso della nostra anima.

Ma quando ti manca qualcuno non pensi a tutto questo, alla quotidianità del rapporto che a volte ti sfinisce e ti delude. Pensi solo che avresti dovuto lottare di più per tenerti stretto quell'amore.

Eh sì, perché quello che ti fotte è la convinzione di non aver fatto abbastanza, quel senso di irrisolto che, quando hai una cosa, non ti soddisfa, ma quando la perdi ti fa pensare che forse non ti sei impegnato fino in fondo per tenerla con te.

È l'aria che ti manca quando hai una persona accanto e improvvisamente ti giri e vedi solo la sua assenza. Il vuoto. Ma non puoi fare altro che stare fermo, perché qualsiasi passo, qualsiasi strada non ti sembra quella giusta. Sei lì, immobile all'incrocio, perché se vai avanti perdi tutto, ma se torni indietro è ugualmente una sconfitta.

È una mattina gelida, la prima di questo nuovo anno. Mi affaccio dalla finestra e intorno a me è tutto bianco. La neve si è posata durante la notte sul viale alberato e sui tetti delle case.

È l'atmosfera perfetta, ma io non ho mai amato la neve. Neanche da piccola ho mai messo piede fuori per costruire un pupazzo di neve. Ho bisogno di calore io. Tutto ciò che è freddo: l'aria, le cose e persino le persone rischiano di entrarmi dentro e congelare il mio cuore.

Mi chiedo sempre perché mia madre non abbia scelto un posto più caldo per vivere. Non chiedo tanto, non dico che avrebbe dovuto prendere tutto e tornare in Sudafrica dopo aver perso mio padre. Ma almeno poteva portarci al Sud, che ne so, in Basilicata. E invece no.

Ancora intontita e con addosso un imbarazzante pigiama di pile bianco con le renne azzurrine prendo il telefono, che vibra sul tavolo da un po'. Da appuntare in agenda: Virginia, ricordati di ringraziare tua madre per i suoi regali sempre imbarazzanti e per questo pigiama, che segnerà definitivamente la fine della tua vita sessuale.

Riccardo – 10:11
Buon anno, Virginia.
Spero tu stia bene.

In tutto questo viavai di persone, penso soltanto che vorrei che ci fossi tu qui accanto a me.

Vai a controllare la cassetta della posta, spero sia arrivato in tempo il mio regalo.

Io inizio a piangere, non so perché. Forse le sue parole sciolgono quel nodo allo stomaco e quel ghiaccio formatosi intorno al mio cuore. Basta un suo "ciao" per farmi perdere le difese, per farmi deporre le armi. Poi fisso il telefono e penso a quanto ci renda schiavi un piccolo dispositivo, quanto siamo legati a quello che custodiamo nella sua fragile memoria. Racchiudiamo i nostri pensieri, le nostre esperienze e le nostre speranze in una scatolina senza anima.

Quando mi guardo intorno, vedo solo sguardi chini che sorridono, si arrabbiano, piangono perdendo di vista quello che c'è di reale nel mondo. Ci stiamo perdendo lo spettacolo della vita: i colori del cielo che cambiano a seconda delle ore della giornata, il sorriso di uno sconosciuto che incrocia il tuo sguardo in metropolitana, i dettagli, i suoni, gli odori di quello che ci sta intorno.

Mi mancano i tempi in cui aspettavi con ansia l'arrivo della posta, ti chiedevi quando avresti ricevuto la lettera di quell'amica conosciuta al mare oppure l'ultimo numero di Top Girl per leggere i consigli sul primo appuntamento, anche se eri ancora troppo piccola per averne uno reale.

Adesso abbiamo tutto a portata di mano, ma è come se non avessimo nulla. Non più l'odore di un libro appena comprato, le dita sporche di inchiostro dopo aver letto l'ultimo quotidiano. Nessuna emozione aprendo una poesia appena ricevuta su un foglio di carta stropicciato, nessun estraneo che ti indichi la strada migliore per raggiungere quel bar in centro.

Sembra tutto così facile, o forse lo è davvero. Tutto così immediato che non abbiamo il tempo di goderci nulla, di imprimere nella memoria persone, luoghi, parole, gesti.

Ma Riccardo, con le sue lettere, con le sue poesie, mi ha ridato quell'emozione, quel brivido di leggere da un pezzo di carta una dedica per me. L'attenzione posata sul modo di scrivere ogni lettera, ogni curva e ogni segno di punteggiatura. Ritrovarlo in ogni cambio di andatura e nell'odore dell'inchiostro.

Corro fuori – ancora in pigiama – e apro la cassetta della posta, che una volta era rossa mentre adesso è ricoperta di coriandoli candidi. Tiro fuori una busta che strappo in pochi secondi. La neve continua a cadere intorno a me e si posa sulla punta del mio naso.

Forse, se ci fossero stati il sole e il caldo, che pure mi mancano tanto, questo momento non sarebbe stato così suggestivo. Mi sento sempre in un film quando c'è lui o quando vivo qualsiasi momento che lo riguardi. Nella busta c'è un mazzo di chiavi, forse di un appartamento, e un bigliettino scritto a mano con un indirizzo di Milano.

Non c'è stato un solo giorno di quest'anno appena concluso in cui non abbia pensato a te almeno una volta. Hai deciso che non era più il caso di continuare e io ho accettato senza dire una parola, perché non ho niente che possa tenerti con me.

Ho soltanto un posto in cui potremmo essere io e te, insieme per sempre.
Se vorrai mi troverai lì.
Riccardo

Ho sempre amato il modo in cui mi ha fatto sentire quando ci frequentavamo, la magia e la favola che ha portato nella mia vita, ma quando provo a essere razionale mi riempio di rabbia.

Ha il coraggio di dirmi che vuole stare con me per sempre, ma allora dov'è ora? Cosa stai facendo Riccardo? Mentre sei a tavola con la tua famiglia pensi a me, tra un morso al pandoro e un sorso di vino? Non possiamo credere che i nostri comportamenti non abbiano ripercussioni sugli altri. È entrato nella mia vita in punta di piedi, ma adesso si sta facendo spazio come un bambino impazzito in una vetreria di Murano, facendo a pezzi qualsiasi certezza e qualsiasi momento di tranquillità. Stavo impazzendo con lui, ma stare senza di lui fa ancora più male.

Non sono la persona più rassicurante del mondo.
Comprendo le tue insicurezze nei confronti del mio sentimento.
Sono avventata.
Istintiva.
Aggressiva.
Una come me sarebbe meglio non incontrarla mai.
Forse non consiglierei una così neanche al mio peggior nemico.
Ma quello che provo per te è reale.
Nonostante le difficoltà, nonostante le sofferenze.
Oggi ho fatto l'amore con te, nella mia testa.
Lo faccio con te dalla prima volta che ci siamo salutati
e magari abbiamo pensato entrambi che non saremmo mai andati oltre.
Faccio l'amore con le tue parole.
Con il tuo profumo.
Con il tuo sorriso e il tuo sguardo.
Amo il tono della tua voce.
Anche quando dici qualcosa che non mi piace o che mi rende triste.
Riempio i vuoti con i ricordi di quei momenti fugaci passati insieme.

Così veloci ma così profondi da diventare parte della mia anima.

Sei libero di non credermi.
Sono la prima a dirti di non fidarti.
Fai pure, continua a essere così razionale e distaccato.
Fai bene.
Per entrambi.
Perché se fossi come me, se fossi pazzo d'amore quanto me, probabilmente in questo momento saremmo insieme a respirarci addosso tutto l'amore del mondo.

Sono a Milano ormai da un mese. Le feste sono finite e, con il cuore pieno di amore e di un paio di chili in più, ritorno alla vita di tutti i giorni. L'agenda fitta di impegni di lavoro, le feste con le amiche, gli spettacoli teatrali che non posso perdere.

Questa volta è tutto più strano, più difficile. Improvvisamente mi chiedo come abbia fatto a vivere fino a oggi senza Riccardo perché adesso, senza di lui, sembra tutto inutile, spento e senza senso. Come si affronta una rottura? È la prima volta che mi succede e l'unico modo che conosco è quello di buttarmi a capofitto in qualsiasi avventura che possa distrarmi. Io non sono mai stata brava a stare ferma a meditare, il silenzio di casa mi spaventa. Preferisco stare in giro fino a tardi e qualche settimana fa ho persino deciso di iscrivermi a un corso di danza del ventre. Giulia, mia cugina, mi prende sempre in giro chiedendomi quale attività stia pensando di iniziare, perché sono imprevedibile. Punto croce? Découpage? Qualsiasi cosa pur di non passare del tempo a casa sola con me stessa.

Torno a casa dopo una delle solite giornate di lavoro in cui non trovo neanche il tempo di passare per la toilette a controllare che non mia sia disegnata qualcosa anche sui vestiti. Mi tuffo sul divano e cerco il telefono nella borsa, devo ricordare a Martina di portare una bottiglia di vino per la cena di stasera. Metto la mano nella tasca sbagliata e, tirandola fuori, ho in mano le chiavi. Quelle di Riccardo. Per tutto questo tempo mi sono sforzata di non ricontattarlo. Ma ogni giorno, in un modo o in un altro, me le ritrovo davanti e non posso fare altro che chiedermi cosa si nasconda dietro questo mazzo. Le guardo per qualche minuto e poi mi dico che non ha più senso fingere di non voler avere delle risposte. Così prendo il telefono e con la mano tremante digito il suo numero, l'unico che conosco a memoria. Sto per chiamarlo e mi si secca la bocca. Sono terrorizzata. Riccardo lascia che squilli soltanto una volta e risponde. Non pensavo lo avrebbe fatto, invece inizia a parlare senza darmi neanche il tempo di dire una parola.

«Ho sofferto molto per come sono andate le cose, Gigi. Ho aspettato per settimane che ti facessi viva, nella speranza che mi dessi un'altra possibilità. Non ho smesso di pensarti, non ho smesso di cercare il modo per stare con te. Non ho rinunciato a te, neanche per un istante.»

«Forse dobbiamo vederci e parlarne. Ti ho chiamato per questo» rispondo con la voce tremante.

«Prendi il mazzo di chiavi che ti ho regalato e raggiungimi a quell'indirizzo.»

«Arrivo.»

Metto il telefono in borsa, prendo il cappotto ed esco di casa, dimenticando la stanchezza. Dimenticando persino di controllare allo specchio che io sia presentabile. L'indirizzo che mi ha dato è a pochi minuti da qui, posso andare a piedi nonostante il freddo penetrante. Finalmente scopriamo cosa si nasconde dietro questo misterioso mazzo di chiavi.

La mia vena romantica mi spinge a credere che abbia deciso di lasciare finalmente Ludovica e che abbia preso un appartamentino noi: un attico in centro con vasca idromassaggio sul terrazzo e una favolosa cucina con isola. Un loft ultra moderno con vetrate vista Porta Nuova? Ti piacerebbe Virginia? Ma non puoi essere così stupida da crederci davvero. Non è arrivato ancora il momento. O forse non la lascerà mai. Sarà solo una piccola stanza in cui avrà messo un materasso comodo, quello che serve per i nostri incontri fugaci. Ci si spoglia, si fa l'amore e poi si scappa via. La stessa durata di una bustina di zucchero monoporzione. Apri, svuoti, mescoli e via. Un amore monodose, un richiamo per un vaccino contro una malattia che in ogni caso sarà incurabile.

Cammino a passo svelto lungo via Turati, dove il freddo non ferma il flusso di persone e automobili, poi svolto in via della Moscova. Il bigliettino dice di fermarmi al civico 7 e io continuo a camminare sperando di arrivare al più presto. Dovrò segnare anche questo in agenda: nella prossima vita, Virginia, prova a rinascere ai Caraibi o almeno alle Canarie.

Mi ritrovo davanti a un portoncino di vetro e acciaio color fango. Prendo dal mazzo la chiave più grande e la giro nella serratura. Davanti a me un ampio cortile pieno di aiuole e piantine, congelate come me, separate da un vialetto di ghiaia. Mi colpisce subito la porta rossa all'angolo, c'è una bici appoggiata al muro e riconosco subito che è quella di Riccardo. Avanzo verso quella porta socchiusa dalla quale intravedo la sua sagoma. Lui mi vede e viene verso la porta. Mi fa passare e la richiude alle mie spalle, senza dire una parola. Si limita a guardarmi dalla testa ai piedi e neanche io riesco a parlare. Mi si ferma il cuore, di nuovo, e questo mese in cui non l'ho visto né sentito sembra un'eternità.

Restiamo lì in silenzio per un po'. Lui è seduto su una poltrona bianca e fuma, mentre io cammino per tutto il perimetro della stanza senza riuscire a fermarmi. Questo posto ha l'aria di essere una galleria d'arte oppure uno show room di moda. Tutto sui toni chiari, come casa mia, qua e là qualche esplosione di colore data da quadri o elementi di arredamento.

«Ti piace il mio regalo?» mi chiede Riccardo interrompendo il silenzio.

Io mi volto e inizio a guardarmi intorno, ma non riesco a capire. Forse parla del quadro sulla parete dietro di me? O del grande orologio a pendolo che ho di fronte?

«Parlo dello studio. L'ho preso per te. Avrai tutto lo spazio che vuoi per lavorare ai tuoi progetti.»

Resto senza parole, più di quanto lo sia già, e mi lascio portare da lui.

«Vieni! Qui dietro ti ho messo un po' di cose che possono servirti, qualche manichino e delle stoffe. Il resto potrai portarlo tu.»

«Riccardo, no» sono le uniche parole che riesco a pronunciare con tono quasi disperato.

«E poi qui c'è la nostra stanza con una piccola cucina. Ho immaginato che ogni tanto sarebbe stato bello vivere insieme qui.»

In quel momento sento di aver avuto la giusta sensazione. Finalmente ha scelto me.

«Hai lasciato Ludovica vero? Dimmi che l'hai fatto!» dico con un tono speranzoso ai limiti della disperazione.

Lui resta in silenzio, di nuovo. Per qualche secondo non si sente volare una mosca, soltanto i passi lenti di qualcuno che rientra a casa che provengono dal piano di sopra. Allora io capisco di essermi sbagliata, di nuovo.

«Non dovevi farmi questo regalo allora. Ci siamo lasciati, ricordi? Pensi di potermi comprare? Credi che qualsiasi regalo del mondo possa sostituire la tua presenza nella mia vita?»

Inizio a gridare e a dimenarmi come un'isterica. Sono fuori controllo. Non capisco. La mia testa non riesce a capire come possa essere così perfetto e così sbagliato allo stesso tempo. E mentre strillo e piango, lui mi abbraccia.

«Gigi, va tutto bene. Sono qui. Non andrò via, mai.»

È impossibile provare a comprendere l'incapacità di un cervello di ascoltare, l'inabilità di saper contrastare un cuore deciso ad amare.

Puoi essere la persona più razionale del mondo. Puoi parlare per ore, con te stessa, con la tua migliore amica o persino con tua madre, e capire che è davvero meglio stare lontani, che è giusto chiuderla qui, che non ci sarebbe futuro neanche in un mondo parallelo.

Puoi dire con fierezza che stai meglio ora che non sei più dentro a quella situazione difficile, che tutte le sensazioni negative, inadeguatezza, ansia e inquietudine, sono finalmente sparite... Ma quando il cuore si ferma, quando la testa non risponde più, quando senti gli occhi pieni di lacrime, tutto il resto diventa soltanto una nuvola di fumo che sparisce in un istante e ti ricorda che a comandare è solo il cuore, sempre. E io voglio morire tra le sue braccia.

Dopo la passione per la moda viene la passione per il cibo. Adoro mangiare, ma soprattutto cucinare. Sono cresciuta in una famiglia di "chef". I miei nonni materni, che vivono ancora in Sudafrica, hanno un piccolo ristorantino da più di quarant'anni mentre la mia nonna paterna, l'unica che riesco a vedere più spesso, è la pasticcera più famosa del mio paese e, ovviamente, la più brava. Sono la maga delle lasagne, della parmigiana e del polpettone di carne, ma sui dolci non ho nessuna speranza. Però non ditelo a mia nonna o potrebbe morire di crepacuore!

Detto ciò, ho deciso comunque di preparare una torta per Riccardo. Domani, 30 marzo, sarà il suo compleanno e mi ha promesso che l'avremmo passato insieme. Provo a ignorare il fatto che al momento si trovi con la famiglia a Roma per un paio di giorni perché, se ci pensassi, mi andrebbe in fumo lo stomaco e tutti i buoni propositi di impegnarmi in una torta. Mi ha promesso che riuscirà a tornare in tempo per festeggiare con me e io, anche questa volta, credo nelle sue parole.

Lo aspetterò a "casa nostra", come la chiama lui. Da un paio di mesi passo più tempo lì che da qualsiasi altra parte. Ho portato tutto quello che mi serve per lavorare sul progetto per New York, i miei libri e DVD e anche una notevole parte dei vestiti.

Riesco a concentrarmi meglio, oppure è solo una scusa che ripeto a me stessa per non ammettere che sto lì con la speranza di vederlo entrare dalla porta rossa. Ogni tanto riesce a passare per un bacio o un caffè: questo posto è a metà strada tra l'ufficio e casa sua.

Gli sto dando un'altra possibilità, mentre aspetto il momento in cui riuscirà a dire tutto a Ludovica. Intanto inizia a sembrare tutto "normale", una storia come le altre. È ridicolo pensare che mi basti avere intorno i suoi libri, la sua maglietta e qualche calzino per sentirlo più vicino, per sentirlo mio.

Esco a comprare gli ingredienti. Tra le corsie dell'Esselunga cerco la panna, il cioccolato, lo zucchero e le uova. Telefono subito a mia madre per chiederle qualche consiglio e la sua voce mi tiene compagnia. Mi racconta tutte le novità del paese e quelle della sua vita. Tra lavoro e hobby, riesco a sentirla a malapena una volta a settimana oppure in casi di emergenza. E questo lo è a tutti gli effetti. Mi dice anche che ha conosciuto un uomo a un corso di scultura. Lei dice che sono "soltanto amici" eppure lui, appena ha saputo delle sue origini, le ha regalato un biglietto per il Sudafrica e vuole partire con lei il mese prossimo.

«Ci andrai vero? Ti prego, dimmi che andrai» grido risvegliando tutto il reparto macelleria del supermercato.

Vorrei che fosse felice, vorrei che smettesse di pensare solo a noi figlie e che vivesse un po' di più la sua vita. So che sono anni che desidera tornare a casa per un po', rivedere i suoi genitori, il suo mondo. Farei di tutto per vederla sorridere e la mia continua lotta per il successo è anche un po' per vedere i suoi occhi splendere di gioia.

«Ti prometto che ci penso su, Gigi. Ora devo andare. Poi fammi sapere come è venuta la torta!»

Con il sacchetto pieno tra le braccia rientro a casa, quella vera, da cui manco da giorni. Mi mette quasi tristezza ritrovarla così vuota e fredda. Inizio a chiedermi se sia davvero giusto aver rinunciato alle mie cose, alla mia indipendenza, al mio sacrosanto diritto di avere accanto un uomo che mi ama davvero per inseguire un'idea, un'immagine, una storia irreale. Mi sento stupida, eppure non riesco a smettere. Quando ti innamori per la prima volta ti sembra di impazzire. È un po' come sentirsi morire. Peggio di un attacco di panico, di quelli che ti tolgono il respiro e la ragione. Non riesci a capire perché non puoi smettere di pensare a quella persona. Tutto il mondo ti parla di lei, tutto ciò che tocchi assume lentamente la sua forma, e tutto quello che senti, che vivi, ha il suo odore e sapore. Non mi è mai capitato di sentirmi in questo modo, oppure è già successo in passato ma l'ho rimosso, e adesso lo avverto in maniera più intensa. Non riesco a smettere di guardarlo, di osservare ogni suo gesto. Quando è accanto a me non posso distogliere lo sguardo dal suo viso, perché i suoi occhi mi attraggono come una calamita.

E perdo la testa. La perdo perché non trovo il modo per sentirmi sazia o appagata neanche con un bacio, neanche dopo un pomeriggio passato a fare l'amore illuminati soltanto dalla luce di una candela. Come se dentro di me ci fosse un fiume in piena pronto a straripare, perché è tutto davvero troppo. Troppo intenso, troppo profondo, troppo bello. Troppo giusto. Tante emozioni tutte insieme e ognuna infinitamente devastante. Penso si possa morire di troppo amore.

Quando sono con lui vorrei che il tempo non passasse mai. Vorrei spostare lentamente le dita dalla sua fronte fino alla curva delle sue orecchie. Stringere le sue spalle e spostarmi verso i fianchi. Muovermi e viaggiare sul suo corpo senza fretta, senza perdermi alcun dettaglio.

Ogni volta che ci vediamo rinasco. Quando mi prende tra le sue braccia io torno a respirare, e quando va via mi sento come una pianta a cui si nega l'acqua da settimane. Arida, spenta. Vorrei aggrapparmi a lui implorandolo di non andar via, perché ogni volta ho la stessa paura di perderlo, di non rivederlo mai più. Per questo lo guardo. Perché voglio che resti impresso sulle mie retine anche quando non sarà più con me. E io mi chiedo: sarebbe davvero tutto più bello, tutto perfetto, se lui fosse una persona diversa? Se non ci fossero tutti questi ostacoli e questi "non posso"? I nostri momenti insieme avrebbero la stessa intensità? Il suo sguardo mi farebbe ancora venire i brividi?

Forse no. Forse mi annoierei a morte su questo divano ad aspettarlo ogni sera, anzi, uscirei con le mie amiche senza neanche chiedermi a che ora torna a casa. Ditemi quello che volete, giudicatemi pure o provate compassione per me, ma io darei tutto quello che ho per stare con lui. Sarei disposta a sopportare noia, rabbia, delusione. Tutto. Pur di averlo per sempre accanto a me.

Ci sono ricascata. Eccola lì, la mia dipendenza dall'amore che fa capolino da dietro il sacchetto dell'Esselunga con un sorrisetto compiaciuto. Ci sei di nuovo dentro e adesso non puoi più uscirne.

Tiro fuori gli ingredienti e, prima di iniziare la preparazione, apro la playlist di Spotify. Devo smetterla di pensare, altrimenti giungerò alla conclusione che Riccardo non merita né la mia torta né un secondo in più della mia vita.

Dopo un'ora eccolo lì, pronto in frigo, il mio dolce pieno di cioccolato e d'amore. Qualche goccio di risentimento e una spruzzata di rabbia, ma tutto annegato nella passione più profonda e devastante.

Riccardo sarà a casa per le 20 e io ho soltanto due ore per prepararmi e andare ad aspettarlo. Faccio la doccia, asciugo i capelli e mi trucco. Poi vado in camera, dove il letto è sfatto come lo avevo lasciato, e inizio a cercare un vestito adatto per la serata. La primavera è ormai sbocciata e la temperatura mi permette di azzardare una leggera scollatura.

Riccardo dice sempre che con lui non indosso mai i vestiti eleganti che gli piacciono tanto. Come se fosse colpa mia. Come se potessimo vederci fuori dalle quattro mura di "casa nostra" e fare le cose banali, come passeggiare o prendere un gelato, che fanno tutte le coppie.

Mi sveglio di soprassalto e mi rendo conto di essermi addormentata ore fa. Sono stordita, come spesso succede quando ci si addormenta sul divano guardando un film. Io invece mi ero appoggiata un attimo ad attendere con impazienza l'arrivo di Riccardo. Scendo dal letto e metto i piedi sul pavimento freddo, dirigendomi verso il tavolo. Prendo il telefono e vedo che sono già le 23, ma di Riccardo neanche l'ombra. Neanche un messaggio, una mail o un segnale di fumo.

Una persona normale si preoccuperebbe, pensando a un contrattempo o a un incidente. Io invece sono solo arrabbiata e delusa, per l'ennesima volta. Ho tirato fuori dall'armadio il vestito più bello, ho addirittura fatto una schifosa torta del cazzo e questo stronzo sparisce senza dire nulla. Odio i dolci, odio farli e odio lui.

Prendo il vassoio e lo tiro contro il muro. Come un cervello spappolato, il dolce e le candeline iniziano a scivolare lentamente verso il pavimento. Decido di chiamare Riccardo. Sono stanca di fare sempre finta di niente, non mi interessa se ora è con Ludovica. Mi deve delle spiegazioni.

Il telefono squilla a vuoto allora gli invio un messaggio.

Virginia – 23:07
Dove sei?

Passano dieci minuti, poi mezz'ora e infine un'ora. Io sono ferma sempre nella stessa posizione con il telefono in mano ad aspettare una risposta. Ma non arriva nessun messaggio. Presa dalla rabbia, tiro fuori il trolley blu dall'armadio e lo riempio con tutte le mie cose, vestiti, libri, documenti. Non voglio più rimettere piede in questo posto. Non può credere che regalarmi uno studio in cui lavorare possa rimediare a tutte le sue mancanze. Io non sono capace di amare qualcuno per quello che possiede. Non riesco a essere felice con una borsetta costosa al braccio se poi non posso stringere la sua mano. Non mi importa di avere l'atelier nel quartiere migliore di Milano, se ogni notte devo dormire stretta a un cuscino che odora di lui.

Vado via, questa volta con la convinzione che non tornerò indietro. Con la speranza di trovare la forza di essere felice anche senza di lui. Telefono ad Azzurra e le chiedo di venire da me. Questa notte non riesco a dormire da sola. Ho bisogno di qualcuno, qualcuno che mi insegni come affrontare una rottura.

La storia con Gabriele è stata così breve che non ho avuto il tempo di riempirmi di oggetti che mi ricordassero lui. Abbiamo fatto tante cose, ma non ho nemmeno una foto con lui, un biglietto della metro di Parigi che mi ricordi un giorno passato insieme o, banalmente, uno spazzolino dimenticato a casa mia. Invece mi guardo intorno e in casa mia ci sono frammenti di Riccardo ovunque. Come se qualcuno avesse spruzzato in giro una boccetta e le gocce, piccole ma persistenti, della sua essenza si fossero posate ovunque. In ogni angolo di casa mia c'è qualcosa che mi ricorda lui. E se lasciar andare una persona fa male, buttare tutto quello che ti ricorda quanto siete stati felici insieme è ancora peggio.

Sul frigorifero ho tutte le foto scattate durante le nostre fughe d'amore, in camera custodisco gelosamente tutte le poesie che mi ha dedicato, i fiori che mi ha regalato e che ho lasciato a seccare.

In bagno c'è il suo dopobarba, che non riesco a toccare per paura che il suo odore mi resti attaccato addosso più di quanto lo sia già. E poi le sue maglie, con cui ho dormito le notti in cui mi mancava di più. Quando decidi di prendere tutte queste cose e buttarle, allora sai che è finita davvero.

Come se bastasse chiudere tutto in uno scatolone per dimenticare chi hai amato. Può funzionare per un po', puoi metterli il più lontano possibile, ma i ricordi – tutti i pezzi che componevano il puzzle del vostro amore – quelli, una volta messi via, se li tiri fuori di nuovo anche soltanto per sbirciarli, allora sei fottuto. Perché saranno la prova evidente di quello che ti manca.

Le persone escono dalla tua vita, le dimentichi, magari le odierai anche se ti hanno fatto soffrire. Ma una foto insieme in cui sorridete ti riporterà inevitabilmente a quell'attimo di felicità, il biglietto aereo che hai conservato ti ricorderà quanto amore e quanta emozione hai portato con te durante quel viaggio. Dimenticherai le cose brutte, il risentimento e la rabbia, e ricorderai soltanto l'attimo in cui ti ha messo in mano quel pacchetto e tu non vedevi l'ora di aprirlo per scoprire cosa ci fosse dentro.

Di tutti gli altri non ho mai avuto ricordi. Non ho mai voluto conservare nulla, neanche uno scontrino o un biglietto ATM. Di alcuni non ho neanche più il numero. Ho sempre fatto tutto con precisione, senza sbagliare, senza lasciar traccia. Come un killer che prepara nei minimi dettagli il suo omicidio, con guanti per non produrre impronte e un telo di plastica in cui nascondere il cadavere, io ho sempre buttato via qualsiasi uomo sia passato nella mia vita.

Ma questa volta no. Gli ho concesso di entrare nel mio cuore con le scarpe sporche di fango e adesso sono ho il cuore pieno di impronte. Neanche i metodi infallibili di mia madre riuscirebbero a far sparire le macchie.

Guardo la mia immagine allo specchio e il mio aspetto è sempre lo stesso da qualche anno a questa parte. Sembra che il tempo si sia fermato. I miei capelli, ramati, sono fermi all'altezza del seno e non si decidono più a crescere. Le sopracciglia folte danno forza ai miei occhi grandi e il mio naso sottile mi dona quest'aria ancora da adolescente. Il mio corpo invece è ormai quello di una donna. Ma per quale motivo mi sento ancora una ragazzina incompleta?

È passato un mese dal compleanno di Riccardo, dal giorno in cui per l'ennesima volta ho deciso di lasciarlo. Mi manca e non ho mai smesso di pensare a lui nonostante la rabbia che provo. Mi ha chiamato il giorno dopo quell'episodio per chiedermi scusa. Quella sera Ludovica aveva deciso all'ultimo momento di tornare su a Milano e lui non ha avuto modo di avvertirmi.

Non ha fatto nessun riferimento alla parete che ho rovinato con la torta, ma io mi sento lo stesso ridicola. Non voglio diventare quel tipo di donna isterica e frustrata che fa scenate in continuazione. Non voglio essere il fantasma di me stessa.

Oggi invece è il mio, di compleanno. Gli anni passano e io mi sento come se avessi sbagliato tutto fino a questo momento. Sono una spettatrice della mia vita, come se tutto ciò che accade non dipendesse da me. Continuo a osservarmi dall'esterno senza avere la forza di alzare un dito per dire che quello che vedo non mi piace.

Non ho proprio voglia di festeggiare. Resterei in casa a divorare un'intera vaschetta di gelato allo yogurt con i frutti di bosco. Ma Azzurra non ha intenzione di lasciarmelo fare e ha deciso che questa sera andrò con lei all'aperitivo organizzato da Marco. Non ho scelta. Si è piantata a casa mia e non mi lascia versare neanche una lacrima. La adoro per questo.

«Stasera c'è un amico di Marco, un regista di Roma. Mi pare che si chiami Claudio. Ha quarant'anni, proprio come piace a te!»

Io rispondo con una risata nervosa.

«Dai, Gigi! Lo dicevo solo per tirarti su. Riccardo non ci sarà, me lo ha assicurato Marco.»

Vado in bagno e provo a levarmi di dosso l'alone di tristezza coprendolo con un po' di trucco e incollandomi sul viso un sorriso vagamente finto.

Quando finisco apro bruscamente la porta e trovo Azzurra con una torta coperta di candeline e in mano due biglietti per il concerto dei The Cure.

«Buon compleanno!» mi dice abbracciandomi.

«Quante candeline hai messo su questa torta, Zù?»

«Ne ho messe cinquanta! Così, dopo aver finito il fiato per spegnerle tutte, perderai i sensi e io potrò portarti alla festa senza che tu opponga resistenza.»

Lei riesce a farmi ridere anche quando non ce ne sarebbe motivo alcuno.

«Sei sempre bellissima, Gigi. Non permettere a nessuno di spegnere la tua luce. Vedrai che passerà.»

Ma io non credo potrà mai passare. Pensavo che chiudendo la storia in tempo mi sarei salvata da questo tipo di sofferenza. Invece con Riccardo senza rendermene conto, in pochi mesi, ero già innamorata. Persa. Era una vita che non mi sentivo così e non capisco più come funzioni. Come si fa ad andare avanti? Farà sempre così male oppure imparerò a camminare su questi carboni ardenti senza sentire dolore a ogni passo?

«Sveglia, Gigi! Non voglio vederti così. Metti la giacca, Marco è qui giù che ci aspetta.»

Il locale è pazzesco. È un'enorme fabbrica abbandonata con grandi finestre e mattoni a vista. Sul soffitto a travi di legno pendono tante lucine colorate. Nonostante le dimensioni, l'atmosfera è calda e rilassante, con una musica leggera di sottofondo. Raggiungiamo il nostro tavolo, dove il resto del gruppo si è già sistemato. Guardo in giro per vedere se ci sia anche Riccardo, non ho voglia di incontrarlo.

«Ragazzi, lei è Virginia!» annuncia Azzurra.

Io saluto imbarazzata con un cenno della mano e vado a sedermi vicino alle poche facce conosciute.

«Finalmente conosciamo la famosa Virginia di cui parla in continuazione Azzurra» risponde un uomo con una folta barba scura dal lato opposto del tavolo.

Poi si fa spazio fra le altre persone e si siede accanto a me.

«Io sono Claudio. Non so se Azzurra ti ha mai parlato di me. So molte cose di te.»

E io gli sorrido in maniera gentile senza dimenticare di lanciare un'occhiataccia ad Azzurra. Non capisco perché voglia sempre mettermi in queste situazioni scomode. Cerca in continuazione di accoppiarmi con qualcuno come se non ce la facesse più a vedermi sola.

L'ultima volta mi ha presentato un tipo dicendomi che secondo lei era la persona perfetta per me semplicemente perché amava la moda. In realtà la sua passione erano le modelle, infatti ha iniziato subito a chiedermi il numero di un paio di ragazze con cui avevo lavorato, senza neanche fingere un interesse nei miei confronti. Dopo quella volta mi giurò che non avrebbe più provato a trovare un ragazzo per me, tenendo conto che sono già brava da me a scegliere gli uomini peggiori.

Claudio continua a parlare senza fermarsi un attimo, poi si alza e mi chiede se lo accompagno a prendere da bere. Dico di sì semplicemente per educazione. Voglio evitare di sembrare antipatica, anche non sono per niente dell'umore giusto. Lui non chiude bocca neanche per prendere fiato, racconta senza sosta la sua giornata, le persone che ha incontrato. A quanto pare si trova a Milano per dei sopralluoghi. Ha deciso di girare qui il suo prossimo film e sta selezionando le location.

Se fosse un'altra persona, questo argomento potrebbe risultare interessante, ma il tono di Claudio è fastidiosamente spocchioso e rende la conversazione spiacevole.

Ama troppo pavoneggiarsi senza lasciarmi la possibilità di rispondere o di esprimere un parere. Era da tempo che non mi annoiavo in questo modo e inizio a rimpiangere l'indigestione di gelato sul divano che avevo previsto per questa sera. Nel frattempo ci sediamo al bancone e ordiniamo due Moscow Mule. Magari da ubriaca avrò la pazienza di ascoltare i suoi discorsi anche se, mentre lui parla, la mia testa cerca disperatamente una scusa per scappare.

«Buon compleanno. Sei sempre da togliere il fiato.»

Qualcuno sussurra nel mio orecchio, ed è l'unica voce capace di togliermi il respiro. Mi giro e trovo Riccardo. Ha uno smoking grigio e una sigaretta spenta tra le labbra.

«Grazie!» rispondo fingendo che il mio cuore non si sia bloccato in gola. «Cosa ci fai qui?»

«Avevo un impegno, ma poi Marco mi ha detto che ci saresti stata anche tu e… eccomi qui!» dice lui guardando Claudio con aria sospetta.

«Conosci Claudio? Lui è Riccardo» rispondo fingendo di avere sotto controllo la situazione.

«Sì, certo. Abbiamo lavorato insieme qualche anno fa. Scusa, Claudio, devo portarti via Virginia. Ho una cosa da farle vedere.»

«Fai pure, Ric. Non si stava divertendo con me.»

Infastidito, si alza dallo sgabello e va via.

Ha iniziato a piovere ma Riccardo mi porta ugualmente in giardino. Sempre meglio che restare al bancone con quel tronfio di Claudio.

«Allora, mi hai sostituito alla svelta? Non ti facevo così, Gigi.»

Io resto in silenzio, offesa dalla sua affermazione. Pensavo volesse parlarmi e chiedermi scusa per avermi lasciata sola la sera del suo compleanno. Invece è venuto qui a farmi sentire in colpa.

«Scusa, stavo scherzando. È che mi si sono attorcigliate le budella dalla gelosia quando ti ho vista con quel pallone gonfiato. Non fa per te!»

«Claudio lo conosco da dieci minuti e stavamo solo bevendo qualcosa. E comunque non hai il diritto di venire qui stasera a dirmi cosa devo o non devo fare. Non puoi proprio, Riccardo!»

«Avevo bisogno di vederti. Sono state le due settimane più brutte della mia vita.»

«Non dire cazzate» gli rispondo senza riuscire a guardarlo negli occhi.

«Vorrei che fossi me per un istante e capissi che cos'è il paradiso quando ti guardo.»

Poi sospira, prende il mio viso tra le mani e mi bacia. Io resto immobile, non riesco ad allontanarmi. È più intenso di quella volta sotto l'acqua degli irrigatori, più di quella volta in Francia sotto la doccia.

La pioggia cade sulle sue labbra e io inizio a leccarla via. Divorandole come un leone che ha cacciato la sua prima preda dopo un mese di digiuno.

«Andiamo da me! Non c'è nessuno» mi dice con un filo di voce. «Non riesco a vivere senza il tuo corpo sul mio.»

Io riprendo coscienza. Mi risveglio da quell'attimo di perfezione e spingo via Riccardo, scappando verso la porta. Devo andare il più lontano possibile prima di non avere più la lucidità per farlo. Ma lui mi tira a sé e inizia a piangere.

«Mi manchi tu e mi manca "noi". Le passeggiate nel parco, le corse sotto la pioggia, il momento in cui apri la porta e sei ogni volta più bella. La sigaretta nudi, affacciati alla finestra. Tu che ti lavi i denti in mutande davanti allo specchio e la sottile indecisione fra abbracciarti o continuare a guardarti. E poi quei passi col cuore in gola fra la stazione della metro e il tuo portone.»

«Non posso stare con te finché avrai quella fede al dito, Riccardo. Facciamocene una ragione!»

Riesco a staccarmi e rientro nel locale. Sono arrabbiata perché non capisco come faccia una persona a dire delle cose così profonde e poi continuare la sua vita da marito perfetto, come se niente fosse. Non sono disposta ad accettarlo. Non posso credere alle sue parole.

Al tavolo non c'è più nessuno, soltanto Azzurra che rovista nelle tasche del suo cappotto.

«Stavo per chiamarti. Marco mi ha detto di aver visto Riccardo qui in giro. Tutto ok?»

«No. Meglio che vada a casa. Ti spiego tutto domani» le dico trattenendo le lacrime. Poi le do un bacio e la ringrazio. Anche se invano, ha provato in tutti in modi a farmi stare meglio.

Prendo la giacca e scappo via. I miei occhi si riempiono di lacrime e abbasso la testa per evitare che qualcuno mi veda.

Rinunciare all'unica persona che abbia mai voluto in tutta la vita provoca così tanti tagli sul cuore che è impossibile decidere da dove iniziare a suturare. Posso solo scegliere di lasciarli sanguinare finché non sarà rimasta più nessuna goccia in tutto il corpo.

Prendo il telefono e chiamo un taxi che però arriva dopo cinque minuti e io mi ritrovo fradicia per averlo atteso sotto la pioggia. Salgo e mi rendo conto, guardandomi nello specchietto retrovisore, di avere un aspetto orribile.

Il tassista mi chiede dove vado e io faccio giusto in tempo a comunicargli l'indirizzo, poi inizio a singhiozzare. Il volume alto della radio copre il rumore della mia tristezza. Arrivati a destinazione pago frettolosamente e scappo via, senza neanche prendere il resto.

Tra le lacrime, salgo a piedi fino al quarto piano. È più facile quando la persona che ami non ricambia i tuoi sentimenti. È una strada dritta verso la rassegnazione. La delusione e la rabbia sono uno stimolo, danno la spinta giusta per reagire e lasciarti tutto alle spalle.

Mi sono innamorata dell'uomo sbagliato, ho perso la testa per l'unica persona che fin dall'inizio sapevo mi avrebbe distrutta. A cosa è servito scappare per anni? Con cosa ho costruito questo muro intorno a me, se è bastato un suo "ti amo" per buttarlo giù per sempre?

Come si fa ad andare avanti? Come si può, quando la persona che ami e vuoi dimenticare ti aspetta sul pianerottolo di casa tua?

«Sei scappata senza darmi il tempo di dirtelo: ho parlato con Ludovica e sa tutto di noi. Ho due biglietti per Las Vegas, parti con me stanotte?»

Il giorno in cui ho realizzato che probabilmente non sarei cresciuta mai ho conosciuto te.

Che mi stai insegnando a camminare e non a correre.

Ad assaporare e non a divorare.

A respirare, gioire, godere delle cose senza l'affanno e l'irrequietezza.

E poi c'è la pazienza, che non ho mai avuto, che con te è d'obbligo.

Io sto lì e aspetto.

Aspetto di sentirti, di vederti, di toccarti.

E per la prima volta ne vale la pena.

Vale la pena fermarmi ed aspettare.

Perché tu mi piaci.

Esisti e mi piaci.

Sei tutto quello che cercavo e che credevo non esistesse.

Sei la fonte di energia per la mia testa e il mio corpo stanco di tutta questa banalità e ordinarietà.

Ti voglio davvero.

Sei fuoco.

Sei luce.

Sei.

Come non bruciare, se mi dai una parte di te in ogni parola che mi scrivi.

Se in una notte hai seppellito tutte le tue carezze nella mia pelle.

E ancora ti sento.

Dentro.

Io aspetterò.

Aspetterò di rivederti, di riabbracciarti.

Perché sei un sogno.

Il mio sogno.

Mi sveglio nella suite del Mandarin Oriental di Las Vegas. Le tende sono chiuse, siamo completamente al buio. La mia solita impazienza non mi permette mai di restare a letto a oziare.

Un profumo intenso, speziato e legnoso, ci avvolge. Io salto giù dal letto come un gatto affamato sulla moquette color granata e corro ad aprire le tende plissettate color oro.

La vista mi lascia senza fiato e per un attimo resto ferma a guardare ipnotizzata le luci colorate della Strip. È ancora buio, ma sveglio subito Riccardo perché voglio guardare con lui l'alba del nostro primo giorno insieme. Insieme davvero.

Lui scende dal letto lentamente, camminando come un bambino che muove i primi passi, ma è ugualmente bello. Mi abbraccia mentre guardiamo la città vibrare davanti ai nostri occhi. Stiamo finalmente vivendo il nostro sogno, ed è più bello di come lo immaginassi.

Una parete di vetro ci separa dalla vasca idromassaggio mentre le luci, sui toni del blu, rendono l'atmosfera rilassante e romantica. Lui prende la mia mano e mi trascina verso la vasca, che il bagnoschiuma al cedro ha riempito di spuma profumata.

Lentamente mi toglie la sottoveste di cotone e la lascia scivolare sul pavimento. Io tengo gli occhi chiusi e mi concentro sul tocco delle sue mani. Quelle mani potrebbero cancellare dal mio corpo tutto il dolore e tutte le sofferenze di una vita. Sento i brividi che mi percorrono dai talloni fino alla punta dei capelli.

Mi bacia, lentamente, con le sue labbra calde e morbide, poi prende tra le mani un po' di schiuma e la fa scivolare su di me, dalle spalle fino al mio seno.

«Entriamo in vasca, amore» mi sussurra nell'orecchio.

Apro gli occhi per un secondo e la finestra davanti a noi ci restituisce ancora una volta una visuale surreale. Riccardo si stende nella vasca piena di acqua calda e io mi metto su di lui, dandogli le spalle.

Facciamo l'amore e ogni volta è come raggiungere il paradiso. Mi muovo su di lui mentre accarezza la mia schiena, mi tira i capelli e mi graffia. La schiuma accompagna la danza dei nostri corpi, mentre io lo spingo sempre di più dentro di me.

Lo sento ansimare, mentre i miei gemiti diventano sempre più forti. Questa volta sono io a condurre il gioco e mi muovo piano, lasciando il tempo al piacere di pervadere i nostri corpi prima di esplodere.

Sento il suo respiro e la sua voglia di possedermi, ma non gli lascio possibilità di movimento. Mi godo ancora un po' l'attimo, mi concentro sulle sensazioni che il suo corpo provoca al mio.

Poi decido di aumentare il ritmo fino a che sento il mio orgasmo vibrare insieme al suo. Esplodiamo ogni volta insieme. Come se i nostri corpi fossero stati progettati per capirsi e completarsi. A quel punto mi stendo di fronte a lui e chiudo gli occhi.

«Da quando ci siamo sposati, fare l'amore con te è ancora più incredibile» mi dice con aria appagata.

Apro gli occhi di scatto e tiro le mani fuori dalla vasca. Una cascata violenta di acqua e schiuma schizza sul pavimento. Guardo la mia mano: una fede nuziale luccica fiera sul mio anulare sinistro.

Inizio a muovere le mani lentamente. Le schiudo e poi le rigiro, come se avessi paura che l'anello potesse sparire. Come ho fatto a dimenticare quello che è successo la notte scorsa?

Rido perché sono riuscita a dimenticare anche la cosa più importante della mia vita. Devo ricordarmi di segnare anche questo in agenda: Virginia, ti sei sposata, dico tra me e me.

«Hai ragione, amore. È tutto più bello da quando ci siamo sposati!» rispondo.

Resto lì in silenzio per un po', con le gambe incastrate tra le sue. Poi vado a prendere l'accappatoio grigio appeso alla parete. Riccardo non dice una parola, resta lì immobile nella vasca, un sorriso stampato in faccia, mentre io mi dirigo verso l'enorme letto al centro della stanza.

Quello che ho detto poco fa è vero. Da quando ci siamo sposati anche il sole, che sta sorgendo tra i monti del deserto, sembra più luminoso.

Mi lancio sul letto e rimbalzo sul materasso chiudendo gli occhi. La stanza è completamente isolata dal resto del mondo, non si avvertono i suoni della città. L'unico rumore è quello delicato dell'idromassaggio, così lieve che mi culla fino a che non mi addormento.

Quando riapro gli occhi mi sembra tutto un déjà vu. Sono ancora nella suite dell'hotel, nuovamente al buio e con le tende chiuse. Riccardo dorme accanto a me con il sorriso stampato in faccia. Io sono asciutta e indosso ancora la sottoveste rosa con cui sono andata a dormire.

Al buio non vedo nulla, allora inizio subito a cercare la presenza di un anello sulla mia mano sinistra. Ma la fede non c'è. Mi alzo velocemente dal letto e apro le tende, sperando di trovare Las Vegas fuori dalla finestra.La città è ancora lì, viva e pulsante, ma mi rendo conto che tutto il resto è stato soltanto un sogno.

Poi vado in bagno e

inizio a riempire la vasca, ho bisogno di rilassarmi e non pensare al sogno di questa notte. Il rumore dell'acqua che ribolle sveglia Riccardo, che si alza dal letto e viene sorridente verso di me.

«Buongiorno, amore. Sei splendida stamattina» e mi sposta i capelli per baciarmi il collo.

Io faccio per girarmi e lo bacio stringendogli le mani. Sento sotto le mie dita la sporgenza della sua fede, che ogni volta mi provoca uno strano effetto.

«Sono due settimane che siamo qui, forse è il caso che questa tu la tolga adesso» gli dico sfilandola e posandola sul lavandino.

Sono partita con lui a una condizione: che scegliesse davvero me. Ma non la Virginia in body di pizzo bianco che ammicca sensualmente sul suo letto. Parlo della ragazza che si sveglia tutte le mattine stanca e scombinata, che lavora quotidianamente per raggiungere i suoi sogni e arriva a sera con delle occhiaie profonde quanto il suo cuore. Lui ha accettato la vera Virginia. Ha scelto di partire con me, ma ora vorrei che lo facesse senza ripensamenti.

Da una come me non ci si aspetta tutto questo, lo so. Probabilmente, se un anno fa mi avessero mostrato il mio futuro in una sfera di cristallo non ci avrei creduto.

Non avrei mai voluto trovarmi in una situazione del genere, rischiando di far male a più di una persona.

Penso soltanto che Riccardo mi ha fatto perdere completamente la testa, mi ha spogliata di ogni inibizione e ha cancellato dal mio DNA ogni sorta di regola morale.

Il suo sorriso accende il mio cuore, i suoi occhi illuminano la mia vita, e il suo corpo riesce sempre a far volare lontano il mio.

Non parlo soltanto della passione che ci lega. Parlo del coraggio che mi dà tutti i giorni di credere in me stessa, del supporto che mi offre e della fiducia in me che riesce a infondermi.

Senza di lui sarei persa, senza di lui non sarei quella che sono oggi. Probabilmente non esisterei nemmeno.

«Cosa vuoi fare oggi, principessa?»

«Ho fame! Servizio in camera?»

Telefona alla reception e ordina qualsiasi cosa proponga il menu, anche i piatti di cui non conosciamo gli ingredienti. Ma questo mi diverte di lui, la voglia di sperimentare tutto con l'entusiasmo di un bambino.

Il nostro pranzo arriva dopo mezz'ora. Il vassoio di cibo che ci viene recapitato è un arcobaleno di pietanze che mangiamo con avidità.

Mi siedo sul divano rosso rovesciando un piatto di pollo al curry sul cuscino, ma lui mi guarda e inizia a ridere. Siamo euforici e ubriachi d'amore. Riccardo apre una bottiglia di Dom Perignon White Gold che io bevo quasi interamente. Poi inizia a baciarmi e a sfilarmi i vestiti.

Non ne abbiamo mai abbastanza, come se i nostri corpi potessero vivere davvero soltanto uniti. Sono sommersa da sensazioni intense e penso di aver bevuto troppo. Infatti, da quel momento non ricordo più nulla.

Mi risveglio il giorno dopo nella stessa stanza e sembra di rivivere per l'ennesima volta la stessa scena. Non sono sicura di che giorno sia, non sono neanche sicura che tutto quello che è successo fino a oggi sia reale. Non riesco ad aprire gli occhi per il mal di testa e ho lo stomaco in fiamme.

Con le palpebre socchiuse inizio a muovere le mani sul materasso, come se nuotassi, alla ricerca di Riccardo, ma lui non c'è. Sono sola in questo enorme letto e provo ad alzarmi lentamente tenendo la testa tra le mani.

Era una vita che non stavo così male. Ricordo ancora la mia prima sbronza, di quelle così brutte che ti vengono sempre in mente in momenti simili. Io e Azzurra ci eravamo imbucate al compleanno di un'amica di sua sorella e credevamo di passare inosservata nonostante il mio vestitino di raso fucsia e il suo tubino verde. Passammo la serata a mangiare tutto quello che c'era al buffet e io aggiunsi anche diversi bicchieri di vino bianco, senza pormi un limite.

Così mi ritrovai in un angolo del giardino a piangere, mentre Andrea cercava in tutti i modi di farmi vomitare per farmi stare meglio.

Anche quella volta mi risvegliai il giorno dopo nel mio letto senza sapere come ci ero finita. Gli unici indizi della serata trascorsa erano il vestito e le scarpe, ricoperti di una materia di natura indefinita. Li avevo lasciati a terra senza fare in tempo a nasconderli dagli occhi indiscreti di mia madre.

Quell'avventura mi costò una settimana di punizione e l'imbarazzo perenne per aver vomitato davanti ad Andrea.

Penso che dopo i venticinque anni i post-sbronza perdano la loro leggerezza e diventino un incubo ingestibile. Qualche anno fa vomitavo un po' ed ero come nuova, pronta alla successiva avventura alcolica. Adesso mi servono almeno due giorni per riprendere la mia forma solita.

Mentre cammino come una massa informe verso il water, sento l'acqua che scorre nella doccia del bagno in fondo alla suite. Riccardo vorrà sicuramente perdersi lo spettacolo della mia ennesima vomitata e non posso di certo biasimarlo. Mi ributto di testa nel water e intanto sento il suo telefono che vibra con insistenza.

«Amore, ti stanno chiamando!» grido con quel poco di voce che mi è rimasto.

Lui non sente, la suite è così grande che potrebbero viverci due famiglie.

Mi sciacquo la bocca con il collutorio e vado verso la scrivania. Prendo in mano il telefono e leggo.

Ludovica – 10:14
Amore, stasera sarà difficile mettere a letto le bambine. Chiedono in continuazione quando torna il loro papà. Come sta andando il lavoro lì? So che sei impegnato, ma chiamaci appena ti è possibile.
Ti mando un bacio. Buona giornata.
Ti amo

In quel momento mi si gela il sangue nelle vene, come se mi avessero buttato un secchio di acqua fredda addosso. Questa volta io gli ho creduto. Quando l'ho trovato davanti al mio portone in lacrime ho creduto davvero che avesse preso coraggio e avesse detto tutto alla moglie. Come una stupida mi sono fidata di lui, non ho fatto domande e non ho avuto dubbi quando mi ha detto di aver lasciato Ludovica.

Invece mi ha presa in giro, ingannata. Non ha avuto il coraggio, di nuovo. Anzi, ha fatto una cosa peggiore. Ha mentito a entrambe, dicendo a lei di dover andar via per lavoro e facendo credere a me di essere finalmente libero da qualsiasi vincolo.

Quanto sono stata stupida? Quanto mi sento umiliata? Mi sento nuovamente tradita, presa in giro per l'ennesima volta e fa sempre più male.

Dovremmo assuefarci al dolore, le vecchie cicatrici dovrebbero renderci più duri e più forti. Invece al dolore non ci si abitua mai, non esiste un modo per anestetizzare la ferita. Appena ci passi sopra, con un dito o con una lama, fa sempre male come la prima volta.

Ero stata pronta a rinunciare a lui e a noi per ciò che era giusto. Stavo andando avanti provando con tutte le mie forze a dimenticarlo. Ho accettato il fatto che probabilmente non avrebbe mai avuto il coraggio di parlare con Ludovica, ma non accetto una bugia detta guardandomi negli occhi.

Non sono la sua bambola gonfiabile da tirar fuori quando ha bisogno. Virginia da oggi non ha più voglia di giocare. Prendo tutta la mia roba e la scaravento nel trolley. Poi corro verso il bagno, quello in fondo alla suite, dove lui si sta lavando. Lo prendo di forza e lo tiro fuori dalla vasca con tutta la rabbia che ho. Non ho più voglia di essere presa in giro e usata a suo piacimento. Adesso capisco che mi sono fatta un'idea sbagliata di lui, un uomo maturo, colto e stimolante che mi dava sicurezza. Ma in fin dei conti è soltanto un egoista immaturo.

Lui mi guarda come se non capisse il motivo della mia rabbia. Poi gli tiro il telefono addosso, che fa uno strano rumore all'impatto con la sua pelle bagnata. Gli scivola ai piedi, sul tappetino color rosso porpora.

«Adesso spiegami questo messaggio» gli dico gridando a un centimetro dal suo volto.

Lui capisce subito che devo aver letto qualcosa che non avrei dovuto e la sua espressione cambia. Poi si china, prende il telefono con lo schermo oramai appannato dall'umidità e tira un sospiro.

«Non è come sembra. Ho parlato con Ludovica ma non vuole accettarlo. Mi ha chiesto di darle un'altra possibilità, di prendermi del tempo. Io le ho detto che dopo questo viaggio me ne sarei andato definitivamente. È solo questione di giorni, te lo giuro!»

«Basta Riccardo! Ho sopportato tutto per te: notti insonni a piangere la tua assenza, attese estenuanti sotto la pioggia, promesse mai mantenute, speranze disattese. Avrei continuato a farlo forse, avrei provato ancora ad aspettare il momento giusto se solo fossi stato sincero con me. Invece hai giocato ancora. Posso accettare tutto, anche le scelte più dolorose. Ma non le bugie. Mi dispiace.»

Riccardo resta senza parole, come la volta in cui gli dissi che mi ero innamorata di lui. Sa di non avere più parole per convincermi, sa di aver superato il limite.

Che non c'è più niente da fare.

Io esco dal bagno, chiudo la porta dietro di me ed esco dalla suite portando via tutte le mie cose, lasciando dentro tutto l'amore e la speranza di una vita insieme. L'ascensore percorre velocemente i ventidue piani che mi separano dalla libertà.

Non c'è più nessuna ragione per restare qui. Davanti alle prese in giro, alle strategie, alle illusioni non posso non reagire. La campanella suona, le porte si aprono e io salto fuori come se qualcuno mi stesse inseguendo.

Inizio a camminare freneticamente per la hall in cerca di una soluzione. Non so cosa fare né dove andare. L'unica certezza è che non voglio tornare a Milano.

Lo staff dell'hotel mi guarda con aria preoccupata. Devo avere un aspetto terribile, post-sbronza misto a sanguinamento provocato dalla rottura del mio cuore. Non era così che avevo immaginato questa giornata.

Mi dirigo con passo spedito verso il bancone all'ingresso e Judy, la receptionist che da due giorni continua a flirtare con Riccardo, mi guarda con un sorriso appena accennato, come se fosse spaventata anche lei dal mio aspetto oppure dalle mie potenziali reazioni da fidanzata gelosa.

«Buongiorno, avrei bisogno di noleggiare subito un'automobile» chiedo e lei tira un sospiro di sollievo.

«Mio marito resterà qui ancora qualche giorno, non si preoccupi. Io devo tornare a casa. Sa com'è, emergenze di lavoro» continuo con tono sarcastico.

In pochi minuti la macchina è già davanti all'hotel

e corro subito a sistemare la piccola valigia rosa. Ho paura di vedere arrivare Riccardo da un momento all'altro, ancora bagnato e con l'asciugamano intorno alla vita. Ma questa volta non c'è nulla che possa farmi cambiare idea.

Qui fuori fa così caldo che quasi non si respira, ma anche se non fosse così probabilmente farei comunque fatica a respirare.

Metto in moto la Mercury Comet rossa del 1964 e mi dirigo verso l'Interstate 15. Non voglio più guardarmi indietro.

Il caldo del deserto è insopportabile anche a maggio e le ruote della mia auto si fondono con l'asfalto incandescente. Ma quello che vedo intorno a me è così bello che mi sento quasi ipnotizzata, non riesco a smettere di fermarmi ogniqualvolta vedo qualcosa di particolare da fotografare.

In una delle tante soste prendo il telefono e chiamo Azzurra.

«Ti rendi conto che se sparisci così mi fai uscire di testa?» mi rimprovera.

«Hai ragione, ma è successo tutto così velocemente» le dico raccontandole dell'incontro con Riccardo la sera del mio compleanno, del motivo per cui sono scappata via e di averlo trovato davanti casa mia con le valigie ed un biglietto per Las Vegas.

«Non riesco a spiegarmi perché l'attore è lui ma sei tu quella che continua a vivere in un film» mi prende in giro ridendo.

Ma la interrompo subito spiegandole la storia del messaggio di Ludovica e si rende conto che il mio più che un film d'amore è una soap opera senza fine.

«E adesso cosa farai? Stai tornando vero?» mi chiede con tono preoccupato.

«Ho noleggiato un'auto. Penso che guiderò fino a Los Angeles e riparto da lì.»

Come pronuncio quella frase mi ricordo di Andrea, della sua e-mail e mi viene in mente di chiamarlo.

«Zù adesso devo andare. Ti scrivo appena arrivo anche se forse tu starai dormendo già.»

Cerco in rubrica il numero di Andrea ma il numero risulta inesistente, probabilmente l'avrà cambiato di nuovo. Così rispondo alla sua e-mail, alla quale non avevo badato troppo presa dai miei impegni di autodistruzione. Spero risponderà prima che io sia già ripartita per Milano.

Percorro centinaia di miglia e il paesaggio è quasi lunare, tutto bianco e luminoso. Nemmeno una casa, solo qua e là qualche capannone abbandonato. Born to Run risuona forte alla radio emi ricorda qual è la mia vera natura.

Mi sento come se mi fossi risvegliata da un lungo sonno, come se avessi riacquistato la vista. Ho vissuto una storia costruita sulle bugie. Riccardo ha tessuto una ragnatela di menzogne in cui io sono rimasta invischiata. Ma ora capisco tutto. Capisco quanto sia importante avere accanto le persone giuste, quelle che non mentono, quelle che hanno il coraggio di essere sincere pur rischiando di perderti per sempre.

Ho creduto per mesi che Riccardo fosse la persona

giusta, la mia anima gemella. Mi sono innamorata di un personaggio, di un'idea. Ho amato delle parole, ho lasciato che si impossessassero di me. Ho dato loro la possibilità di farmi sorridere, di farmi piangere, di farmi sentire una nullità e l'attimo dopo la persona più speciale del mondo.

Non so dire per quale motivo l'abbia fatto, perché ora che il sipario si è aperto, che Riccardo si è rivelato per quello che è davvero, io non provo più nessun attaccamento a quelle parole.

Lui continua a chiamarmi ma basta il mio silenzio a fargli capire che non c'è più niente che ci possa tenere insieme.

Nel corso della nostra storia sono stati tanti i litigi e ogni volta, anche se aveva torto, riusciva sempre a uscirne vittorioso con le sue abilità da oratore. Io in confronto a lui sono solo una giovane donna che sa esprimersi solo con un foglio e dei pennarelli in mano, mentre lui è l'uomo maturo, sicuro e capace di ammaliare chiunque con le sue parole. Per questo non ho più intenzione di parlare con lui.

Mi guardo intorno: lo scenario cambia in continuazione ed è una cosa che lascia senza fiato. Non credevo potessero esistere posti così, e ora sto vivendo il mio sogno, sentendo ogni sensazione fin sotto la pelle. Oramai è quasi buio, in lontananza vedo soltanto le luci delle stazioni di servizio, così decido di fermarmi in un motel. Sono stanca e ho voglia di dormire prima di ripartire per Los Angeles. Parcheggio l'auto e mi dirigo all'ingresso con il trolley e un caffè aromatizzato alla cannella di Starbucks in mano. L'aspetto di questo posto è quasi inquietante, probabilmente ho visto troppi film dell'orrore. Ritiro la chiave alla reception e un ragazzino assonnato mi indica la direzione per la stanza. Attraverso la strada e mi ritrovo davanti un vialetto scarsamente illuminato che porta a una serie di porticine azzurre con lo smalto scrostato e i numeri corrosi dalla sabbia e dal vento.

La mia è la stanza numero 27, proprio accanto alla macchina per il ghiaccio. Uno dei posti preferiti dagli assassini dei film penso ridendo, anche se un leggero brivido mi percorre la schiena.

Giro la chiave nella serratura e accendo subito la luce. Mi aspettavo di peggio, date le premesse. Invece il letto king size è comodissimo e c'è anche il frigo bar.

Non ho intenzione di uscire ora che è buio, anche se avrei voglia di un hamburger di Wendy's. Poi mi viene in mente di avere ancora un panino nella borsa e vado a rovistare. Apple salad e avocado, una delle cose più buone che abbia mai mangiato. Peccato per tutta la cipolla che sto ingerendo in questi giorni e che senza dubbio mi precluderà qualsiasi contatto ravvicinato con i giovani surfisti californiani.

Mi butto sul letto e accendo la TV. Devo ammettere che mi mancava passare del tempo da sola, senza aspettare nessuno. Senza quell'impazienza che ti toglie il respiro e che non ti permette di star ferma neanche un attimo. Forse la mia vera natura è questa, forse ho sottovalutato per troppo tempo la solitudine. Non ho mai apprezzato a fondo quanto faccia bene passare del tempo con se stessi, con un panino in mano e i Griffin alla TV.

Mi risveglio che è già mattina, ancora con i vestiti addosso. Faccio una doccia al volo poi chiudo la porta alle mie spalle e rimetto il trolley nel bagagliaio dell'auto. Con le chiavi della stanza tra le mani vado verso la reception per riconsegnarle. Lì trovo lo stesso ragazzo moro e tarchiato della sera prima che mi offre gentilmente un caffè e mi augura buon viaggio con il suo accento sudamericano. Dopo averlo ringraziato torno nel parcheggio dove la mia compagna di viaggio mi aspetta pronta ad affrontare le ultime miglia che ci separano dalla meta.

Guidare per me è come una dipendenza, adoro farlo e ancora di più quando sono sola e posso cantare a squarciagola. Mi sento più leggera oggi e sembra tutto un sogno, un film. Come lo avevo sempre immaginato. Così surreale che non riesco più a pensare a alla delusione e a tutto il tempo che ho perso rincorrendo un amore impossibile.

Questa notte, tra una puntata dei Griffin e un'altra, ho pensato tanto e ho deciso di non tornare subito a Milano. Avevo già richiesto la possibilità di lavorare sul mio progetto da Las Vegas e, anche se non è andata come speravo, voglio approfittare di questi giorni per staccare un po'. Ho finalmente voglia di prendermi cura di me stessa, di concentrarmi su quello che mi rende felice e portare a termine il mio lavoro per New York.

Ho dovuto improvvisare un po' ma sono riuscita a trovare, tramite alcuni amici, un piccolo loft a Venice Beach, vicino alla spiaggia. Mi piace quello che vedo nel mio futuro, anche se non ho la minima idea di cosa potrebbe succedermi domani. Guido per ore senza sosta. Le strade immense della California si lasciano percorrere, poi finalmente scorgo in lontananza la città dei miei sogni: Los Angeles. Mi trovo su Sunset Boulevard, all'incrocio con Sanborn Avenue, e decido di fermarmi per il disperato bisogno di una toilette o forse attratta dall'insegna dell'Intelligentsia Coffee. Parcheggio la mia compagna di viaggio proprio di fronte al bar e corro all'ingresso. Ordino un caffè espresso e lo bevo di fretta, mentre stringo le gambe per evitare di farmela addosso. Poi mi metto in fila per la toilette, con la faccia sconvolta e i vestiti al limite della decenza.

Devo dire che è bello poter girare come si vuole senza la paura di incontrare qualcuno che ti possa riconoscere.

«Carino il tuo outfit!» esclama qualcuno.

Io mi volto nonostante sia convinta non fosse indirizzato a me. Un ragazzo moro invece guarda proprio me, ma in controluce non riesco a distinguere i tratti del suo volto. Io mi limito a sorridere imbarazzata e mi giro verso la porta dandogli di nuovo le spalle.

«Italiana anche tu?» mi chiede questa volta, e non ho dubbi che si stia rivolgendo a me.

«Sì, appena arrivata dopo un lungo viaggio nel deserto» gli rispondo senza neanche voltarmi, cercando di giustificare il mio aspetto.

Intanto la porta davanti a me si apre e gli faccio capire che è arrivato il momento di salutarci. Entro nella toilette e mi guardo allo specchio: non sono poi così spaventosa.

Esco, senza guardare nemmeno se il ragazzo con cui ho parlato poco prima sia ancora lì in fila, e vado verso l'uscita. Poi qualcosa mi fa cambiare idea: non so davvero perché, ma torno indietro verso di lui.

«Sono Virginia» gli dico stringendogli la mano.

Ci guardiamo per qualche secondo senza dire una parola. Lui continua a stringere la mia mano e scoppiamo improvvisamente a ridere.

«Se vuoi ti dico che mi chiamo Andrea, ma credo tu lo sappia già» mi risponde lui.

E io penso a quanto sia assurdo incontrarlo qui per caso, proprio oggi.

«Capisco che non bisogna dare retta agli sconosciuti, ma tu sei stata proprio stronza con me!» mi dice ridendo.

«Cosa ci fai qui? Perché non mi hai detto nulla!»

Io gli spiego di aver avuto dei mesi così pieni che ho dimenticato di rispondere alla sua e-mail e che gli avevo scritto proprio questa mattina per dirgli che ero qui.

«Io sarò anche stronza, ma tu avvisa quando cambi numero di telefono per sfuggire dalle tue amanti!» lo prendo in giro.

Poi mi abbraccia forte e mi dice che questa mattina ha un sacco di impegni ma che nel pomeriggio mi chiamerà. Poi mi da un bacio sulla fronte e va via.

Intanto io esco dal locale ed entro in una libreria alla ricerca di qualche storia che mi faccia compagnia. Inizio a girare per gli scaffali e l'atmosfera sembra mistica, surreale. Mi sento felice come se avessi trovato il mio posto nel mondo. E penso che tra le braccia della persona giusta ci si dovrebbe sentire proprio così: leggeri e liberi da qualsiasi pensiero. Ogni libro è un'occasione, la possibilità di vivere una vita nuova. Per me, la persona giusta deve essere come un libro. Quello che stai scrivendo, in cui riversi tutta te stessa, oppure il tuo preferito, quello che non vedi l'ora di leggere appena tornata a casa dopo una giornata di lavoro. Quando avrai trovato la persona che ti farà venire voglia di sfogliare ogni sua singola pagina, allora saprai di aver trovato quella giusta.

Prendo il primo libro che mi colpisce, la scritta bianca Hope ricopre tutta la superficie rossa della copertina. Ancora con il caffè in mano mi siedo sulla poltrona marrone all'angolo del negozio e inizio a leggere, ma non smetto neanche per un attimo di pensare ai suoi occhi blu.

Sai quando desideri qualcosa più di ogni altra?

Quando non fai altro che pensarci e combatti con tutte le armi che hai per ottenerla eppure non riesci a raggiungerla?

Quanto fa male vedere la persona che ami tra le braccia di un'altra?

Quante ferite si aprono all'improvviso su tutto il tuo corpo e quanto diventa spento e triste il tuo sorriso?

Quanto fa male avere tutto questo amore dentro e non riuscire a tirarlo fuori?

L'impotenza che provo davanti a te, davanti a noi, mi paralizza.

Riesco a stento a stringerti.

Perché non ci sarà mai nessun gesto, nessuna parola, azione o pensiero alcuno che possa portarti da me.

E tutto questo mi squarcia il cuore.

Mi svuota.

Mi annulla.

Io non sarò mai tua.

Tu non sarai mai mio.

Le nostre vite non potranno mai incrociarsi.

Sarà sempre e soltanto uno scambio di attimi.

E io non voglio più che sia così.
Passerà il tempo e forse, insieme a esso, anche il mio amore.
Passerà la voglia di parlarti.
La voglia di ridere con te.
La voglia di averti tra le mie braccia e nel mio cuore.
Passerà.
Deve passare.

Ricordo ancora l'ultima volta che io e Andrea abbiamo passato del tempo insieme, come una coppia. Eravamo nel cortile della scuola, alla festa di fine anno, più di dieci anni fa. E continuo ad avere quelle scene impresse nella testa. L'indomani lui sarebbe partito per l'Australia con lo zaino pieno di sogni e speranze. Io oramai vuota e pronta a soffrire per sempre senza di lui.

Ricordo tutto come se fosse ora. Lui è sempre stato così carino, con i suoi occhioni azzurri e quel sorriso capace di illuminare anche il giorno più grigio. Portava jeans strappati e una maglietta di un colore così acceso che lo rendeva visibile anche in mezzo a quel mare di studenti euforici. Il sole quel giorno splendeva tutto e metteva in risalto le sue adorabili lentiggini.

Passammo la serata a bere e ballare. A ridere con gli amici e a baciarci senza sosta. Poi, alla fine della serata mi porto sulla spiaggia e facemmo l'amore per la prima volta, sotto le stelle. Poi mi disse che sarebbe tornato presto e che non mi avrebbe dimenticata mai.

Io lo abbracciavo senza riuscire a smettere di piangere. Avrei voluto avere il coraggio di dirgli "Porta via anche me!", così come succede nei film. Invece ero troppo spaventata per rischiare, per prendere tutto e partire con lui. Troppo ambiziosa per rinunciare ai miei sogni per seguire il mio cuore, troppo orgogliosa per ammettere che avrei voluto farlo davvero e che improvvisamente le mie aspirazioni non mi sembravano più importanti come credevo.

Adesso, nonostante sia passato tanto tempo, sento ancora addosso le sensazioni che solo lui è riuscito a farmi provare.

«Ricordo che eri bella. Ma adesso lo sei ancora di più» mi dice guardandomi negli occhi.

Siamo venuti a cenare al Soho House a West Hollywood. È un locale elegante e raffinato con enormi vetrate dalle quali si vede tutta la città. L'ora del tramonto ci regala il suo spettacolo migliore. Ci sediamo sulla terrazza e ordiniamo da bere. Lui mi racconta di essere venuto in questa città in cerca di ispirazione per il suo primo libro. Sono anni che mi parla di questo romanzo e io lo prendo in giro perché ancora non ho mai visto neanche una pagina e stento a credere nella sua reale esistenza.

Non siamo soli questa sera, non è un appuntamento. Ci sono un po' di suoi amici, vuole darmi una mano ad ambientarmi e io ne approfitto per fare nuove conoscenze. Poi ogni tanto, tra un bicchiere di vino e una chiacchiera con il vicino di tavolo, i nostri sguardi si incrociano e lui mi sorride. Vorrei trovare il modo per poter descrivere il suo sorriso. Ma ci penso da un'ora e ancora non riesco a trovare le parole adatte. So soltanto che ogni volta che lo fa, il mondo si ferma. Passiamo una serata fantastica e mi succede una cosa bizzarra. Durante questo periodo, in ogni singolo giorno dell'anno passato con Riccardo, non c'è stato un secondo in cui non abbia pensato a lui.

Aprivo gli occhi e mi chiedevo se fosse già sveglio o cosa avrebbe mangiato per colazione. La sua giornata sarebbe stata carica di impegni? Avrebbe passato la serata sul divano oppure in giro?

Ogni dettaglio, cibo, colore o odore mi riportava a lui. Un momento passato insieme o il desiderio di un momento futuro. Scorreva nelle mie vene, era parte di me.

Invece stasera non è successo. Come se qualcuno avesse premuto il pulsante off nella mia testa e Riccardo fosse completamente sparito.

«Gigi, non riesco a smettere di guardarti.»

Andrea si siede accanto a me e parliamo per ore della nostra vita, dei tempi della scuola, di quanto sia dura la lontananza da casa. Mi chiede di raccontargli tutto quello che mi è successo durante quest'anno in cui non ci siamo visti. L'ultima volta che lui passò per Milano io non avevo neanche conosciuto Gabriele. Dice che mi vede diversa, che sente che qualcosa in me è cambiato dall'ultima volta e così gli racconto di Riccardo. Gliene parlo come se fosse stata la più grande sofferenza della mia vita, mentendo e non riuscendo, ancora una volta, a confessare a lui quanto ho sofferto per la sua partenza. L'ho lasciato andare in Australia non per mancanza di interesse ma perché l'amavo davvero, solo che lui non l'ha mai saputo. La mattina in cui è partito io sono stata lì, all'alba, dietro un cespuglio di fonte casa sua. Mi sono seduta su di una panchina a piangere, da quando ho visto la luce della sua stanza accendersi dopo il suo della sveglia, fino al momento in cui i fari posteriori della Volvo di suo padre non sono spariti alla volta dell'autostrada. Forse un giorno riuscirò a raccontargli tutto.

Lui invece mi dice di essere venuto a vivere qui con una ragazza che da un giorno all'altro è sparita senza lasciare traccia. Scrive per dimenticare, per tirar fuori il passato e imprigionarlo per sempre sulla carta. Un modo per esorcizzare, un modo per espellere il veleno di un amore sbagliato. Io invece non so scrivere, so soltanto scappare sperando che quello che mi lascio alle spalle non riesca a raggiungermi.

Andrea è sempre la persona sensibile, premurosa e disponibile che ricordavo. Non è mai cambiato. Nessun viaggio, nessuna esperienza e nessuna persona è riuscita a spegnere la luce che gli splende dentro. Nonostante tutto, nonostante io lo conosca da una vita, risveglia in me delle sensazioni nuove. Rivederlo adesso, in questa città e in questo momento è stato come ricomporre un puzzle con un pezzo nascosto lontano, dall'altra parte del mondo. Mi rendo conto improvvisamente che provo ancora qualcosa per lui, ma sono confusa, ferita, troppo vulnerabile per lasciarmi travolgere. Questa volta non posso essere irrazionale. La mia vita è a Milano, lui invece vive qui e non posso mettermi di nuovo in una situazione impossibile. Non posso più fare scelte sbagliate. Non posso continuare a chiudere i sentimenti grandi in una gabbia di attese. Devo trattenermi questa volta, anche se sono ore che immagino di baciarlo.

Sono nella Città degli Angeli da un mese oramai. Ho preso una bicicletta e, nonostante la mia nota mancanza di allenamento, mi aiuta a muovermi tra le spiagge di Santa Monica e quelle di Marina del Rey. Ogni tanto vado a passeggiare sui canali di Venice, che mi fanno sentire come fossi in Californication, il mio telefilm preferito. E ovviamente ho provato tutti i locali della zona, assaporando gusti e odori sconosciuti. La cucina americana è sottovalutata. Penso che almeno una volta nella vita vada provata la pizza con l'ananas! Ma non dirò neanche questo a mia nonna.

È il posto più bello che abbia mai visto, se potessi scegliere credo che vivrei volentieri qui lontana dal caos e dal freddo pungente di Milano. Con il sole e la brezza marina che ti avvolge ogni giorno dell'anno. Piacerebbe tanto anche a mia madre, ogni angolo è pieno di artisti eccentrici e non riesco a fare a meno di pensare spesso a lei.

Io e Andrea abbiamo passiamo sempre tanto tempo insieme, come se fossimo tornati ai tempi della scuola. La nostra routine è sempre la stessa, prima di iniziare a lavorare si passeggia in riva al mare con i piedi nell'oceano. Lui mi prende sempre in giro perché sono troppo freddolosa e non ho il coraggio di buttarmi in acqua. Dopo un mese non sono ancora andata oltre l'immersione della caviglia. Invece Andrea non è come me, lui è coraggioso. Si butta in acqua senza neanche pensarci e allo stesso modo si tuffa in tutto quello che gli capita davanti nella vita. Lui non ha paura. Io invece ho il timore di fare un passo in qualsiasi direzione.

Ogni tanto resta a scrivere da me e, appena siamo stanchi di lavorare, usciamo alla scoperta della città. Non ci siamo ancora baciati. Sto provando in tutti a trattenere questa attrazione, anche se mi basta un suo sguardo per sentire una scarica di brividi dalla testa fino ai piedi. Ci limitiamo a parlare e a scherzare. Mi ha fatto conoscere tante persone interessanti, scoprire luoghi sconosciuti e riscoprire anche la vera me, quella che avevo perso nell'ultimo anno. Poi mi chiedo se sarei mai riuscita a prendermi una pausa dal lavoro per venire fin qui, forse conoscere Riccardo era solo un modo per riavvicinarmi ad Andrea. Sono confusa ma allo stesso tempo non riesco a smettere di sorridere, non mi da nemmeno il tempo di essere triste o nostalgica.

L'altro pomeriggio è passato a prendermi e siamo andati a sentire un concerto di musica jazz in un parco, abbiamo preso due birre e ci siamo stesi sul prato. Lontana dal caos di Milano, dagli eventi mondani e dai sorrisi finti. Ero finalmente io, con le mie Converse bucate e gli shorts di jeans strappati. Lo guardavo e non riuscivo a smettere di sorridere, risucchiata dai suoi occhi magnetici. In quel momento mi sono sentita finalmente nel posto giusto. Non succede spesso che una persona diventi il tuo "posto giusto".

Con lui ogni momento diventa speciale, condividiamo gli stessi gusti musicali, ci piacciono gli stessi film e ci emozionano le stesse cose. Non ho bisogno di parlare perché basta uno sguardo per renderci conto che stiamo pensando la stessa cosa. Come se fosse la mia anima gemella, ma non in senso romantico: c'è qualcosa che ci lega che va oltre qualsiasi definizione dell'amore.

Martedì scorso mi ha portato a fare un'abbondante colazione a base di pancakes e frutti di bosco da Maxwell Café.

«Deve metter su un po' di chili signorina Taiani!

Mangi, mangi» mi ha detto imitando la voce della nostra professoressa di latino. E io tra una risata e l'altra ne ho approfittato per rubare qualche lampone dal suo piatto.Poi, dopo aver finito l'abbondante colazione, siamo andati da Vacation Vynil a Silver Lake, vicino al bar in cui ci siamo incontrati la prima volta. Io ovviamente ho insistito perché lui mi scattasse due foto davanti alla vetrina colorata ed è stato tutto il tempo a prendere in giro le mie pose da finta vamp.

«Signorina Taiani, non si atteggi che tanto ci ricordiamo tutti che qualche anno fa girava con una bicicletta arrugginita senza freni!»

La parete destra del suo monolocale è piena di vinili di tutti i generi. Ogni martedì mattina lui va lì e ne compra uno, in base all'umore del momento e di solito passa almeno un'ora a sceglierlo.

Arrivati lì, mi tiene la porta e mi fa cenno di entrare. Mentre mi guardo intorno sento che lui inizia a canticchiare. In sottofondo c'è *Just Like Heaven* Andrea mi guarda e dice: «Oggi, con te, mi sento in paradiso. So perfettamente cosa comprare oggi».

Io continuo a guardarmi intorno e lui dopo qualche minuto mi viene incontro con il suo sorriso e un nuovo acquisto dalla copertina colorata: The Cure.

«Da oggi, ogni volta che sentirò questa canzone penserò a te.»

Io invece credo che persino il rumore del traffico ormai riuscirebbe a farmi pensare a lui.

Ieri mattina, invece, ha bussato alla mia porta molto presto, è venuto nel mio loft con la bozza definitiva del suo libro. Era così felice che quasi piangeva. Mi ha chiesto di leggerla subito, davanti a lui e io ho preso quel voluminoso groviglio di emozioni e mi sono seduta sulla sedia di paglia che c'è nel giardinetto davanti alla porta di ingresso. Io l'ho fatto, ad alta voce e guardandolo negli occhi. Non ho mai provato niente di simile, un momento di intimità estremo.

Andrea è bravo a descrivere minuziosamente tutti i dettagli della storia. Le parole sono scelte con cura ed è un libro coinvolgente. Mi è piaciuto davvero, ma ho avvertito una strana sensazione: ero gelosa della protagonista, la sua ex. Mi si chiude lo stomaco quando lo immagino mentre ride insieme a lei. Tra me e Andrea è finita da anni, è stato "soltanto" un amore adolescenziale, eppure vorrei essere al posto di quella ragazza, essere capace di provocare in lui quelle sensazioni.

Non credevo potesse succedere di nuovo, non con lui, non dopo Riccardo. Andrea è diverso dagli altri, è speciale. Ma questo l'ho sempre saputo. Non finge di essere un'altra persona, non ha bisogno di mettersi in mostra. È genuino, e io con lui non mi sento costantemente osservata e obbligata a essere perfetta. Con lui posso essere me stessa, imperfetta e naturale.

Mi sorprende come sia stato capace di cancellare tutto il mio passato, di riportarmi a dieci anni fa incatenandomi a sé.

Ero convinta che non ci sarebbe stato più nessuno capace di farmi tremare il cuore. Invece Andrea ha fatto crollare tutte le mie certezze, e inizio a chiedermi se ci si possa innamorare di nuovo qualcuno dopo tutti questi anni.

Tra due ore ho il volo di ritorno per Milano. Ritorno alla vita di tutti i giorni con la consapevolezza che dovrò dimenticare quanto mi renda felice stare qui con Andrea.

In questo momento sono nel mio loft a chiudere la valigia e anche questa volta vorrei ci fosse lo spazio per portare qualcuno con me. Vorrei avere il coraggio di chiedere ad Andrea di venire a Milano per qualche settimana, non di più. Giusto il tempo di respirare ancora un po' il suo profumo.

Ma mi sento come se fossi tornata indietro di dieci anni, di nuovo senza coraggio, incapace di mettere insieme tre semplici parole: "Vieni con me!". Mi sento bloccata, perché ho paura che lui non abbia ritrovato gli stessi sentimenti che ho riscoperto io e di soffrire di nuovo.

Preferisco partire e sperare di dimenticare in fretta. È così assurdo che io stia pensando che mi fa più male allontanarmi da Andrea di quanto me ne abbia fatto la fine della storia con Riccardo.

Mentre prendo dal bagno le mie ultime cose mi viene quasi l'istinto di buttare via il biglietto e disfare la vaglia. Per la prima volta nella mia vita ho voglia di mettere al primo posto l'amore, come avrei dovuto fare dieci anni fa.

Lo so che quello che rende speciale i momenti con lui è la fugacità, la consapevolezza che questi attimi non dureranno in eterno. Soltanto nei film la protagonista abbandonerebbe tutto quello che ha costruito per vivere con uno scrittore in un loft a Venice Beach.

Eppure sento che con lui potrebbe essere diverso, potrebbe valerne la pena.

Andrea viene a prendermi con la sua auto per portarmi all'aeroporto. Non sono brava a fingere, credo che mi si legga in faccia quanto non voglia prendere quell'aereo. Per non piangere inizio a parlare in maniera nervosa di tutte le cose che mi aspettano al mio ritorno a Milano.

E provo la stessa tristezza di quella sera sulla spiaggia, lo sconforto dei momenti passati sulla panchina a vedere la sua auto allontanarsi. E lo sto perdendo di nuovo per la mia costante paura di soffrire.

«Mi dispiace che tu debba andare via, Gigi. Ma so che ci rivedremo presto» mi dice accarezzandomi il viso.

Ma temo che anche questa volta passerà un anno prima di rincontrarci, e io sarò sempre troppo vigliacca per parlargli apertamente. Parcheggiamo la macchina nell'enorme parcheggio dell'aeroporto.

«Ti accompagno al check-in!» mi dice tirando fuori dal bagagliaio il mio trolley.

«Ti sei portata dietro un surfista. Questa valigia pesa più di me!» scherza lui. Io da quel momento non dico una parola, sono così triste che non riesco neanche a sorridere alle sue battute.

Invidio le persone come lui, decise, razionali e capaci di prendere delle decisioni senza perdere la testa. Io muoio dalla voglia di gridargli quanto vorrei restare qui con lui. È che sono stanca di essere triste, di dover sempre rinunciare alle cose che mi rendono felice. Stanca di dovermi trattenere. Stanca di non poter dire liberamente che sono una bambina fragile che sta bene solo da quando c'è lui. Vorrei dirglielo, ma mi limito ad abbracciarlo e a sussurrargli un arrivederci. È il momento di andare, quindi prendo le mie cose e mi allontano.

Il peso della mia valigia non ha niente a che vedere con quello che sento nella gola e nel petto. Mi trascino a stento, come se delle lunghe corde elastiche mi tirassero di nuovo verso di lui.

«Gigi, aspetta!» grida Andrea correndo verso di me. Poi mi tira a se e mi abbraccia di nuovo, stringendomi come se non volesse lasciarmi andare. Io mollo il trolley e lascio che la borsa cada sul pavimento bianco. Aspetto che da un momento all'altro mi baci o mi chieda di restare. Ma non succede nulla. Non dice nulla, neanche quando dall'altoparlante annunciano l'apertura del gate per il mio volo. Così io riprendo le mie cose, di nuovo, e lo saluto con un bacio sulla guancia. È davvero arrivato il momento di andare via, anche se vorrei restargli incollata addosso.

«Fammi sapere quando sarai a New York. Posso passare a trovarti qualche giorno» sono le sue ultime parole.

Non dice nient'altro e io faccio lo stesso. Andrea è fatto così, lo conosco bene. Non ti direbbe cosa gli passa per la testa neanche sotto tortura. Per questo ho invidiato la persona per cui ha scritto le parole del suo libro, tutte le sue emozioni finalmente tirate fuori e visibili a tutto il mondo. Con me non l'ha mai fatto.

Cammino lentamente e ogni tanto mi guardo indietro finché la sagoma di Andrea diventa soltanto un puntino, e mi chiedo nuovamente se sarebbe venuto con me se solo glielo avessi chiesto.

Mentre mi allontano, lacrime calde e pungenti iniziano a scorrere sul mio viso. Corro in bagno per non farmi vedere da nessuno e inizio a singhiozzare. Non è solo tristezza, la mia è anche rabbia verso me stessa. Sono riuscita a lasciare Riccardo che dicevo di amare dopo una storia intensa durata un anno. Ho preso coraggio e me ne sono andata senza voltarmi indietro. Sono stata matura, ho agito da donna forte e invece adesso mi ritrovo a piangere nel bagno di un aeroporto per Andrea, lo stesso Andrea per cui ho pianto dieci anni fa.

Non è ridicolo tutto questo? Tranquilla, Virginia. Andrà tutto bene. Domani lo avrai dimenticato come hai già fatto dico a me stessa, poi respiro profondamente ed esco dal bagno.

Dall'altoparlante annunciano l'immediato imbarco per il mio volo, quindi vado a passo svelto verso il Gate 25 mentre il telefono inizia a suonare. È Andrea che chiama per dirmi che sente già la mia mancanza.

Tredici ore di volo, cinque film in lingua originale e tre passeggiate verso la toilette dopo, mi ritrovo di nuovo a casa. Apro la porta e ho quasi paura di entrare. C'è troppo silenzio, troppo vuoto. Non sono mai stata sola come in questo momento. È veramente sorprendente come possa cambiare tutto in un mese. Ho lasciato questo appartamento con una promessa d'amore e la voglia di iniziare una nuova vita con Riccardo e ci rimetto piede senza il peso di quell'amore sbagliato. Nella cassetta della posta trovo un mucchio di lettere e la metà capisco subito che appartengono a Riccardo.

Le prendo e le poso sul tavolo della cucina, non ho intenzione di leggere mai più nessuna parola uscita dalla sua penna. Lascio la valigia all'ingresso; conoscendomi, resterà lì ferma per i prossimi giorni. Apro le tende e accendo la TV per fare in modo che il vuoto si riempia di voci, anche se sconosciute. Il telefono suona, rispondo e dall'altra parte sento la voce vivace di Azzurra.

«Sei tornata finalmente. Non ci speravo più!» mi dice con gioia. «Vuoi che venga a dormire da te? Chiamami per qualsiasi cosa.»

Ma questa volta ho bisogno di stare sola. Vado verso la cucina e prendo dal tavolo le buste rosse, tipiche di Riccardo, e le butto nel contenitore della carta. In quel momento ne vedo una diversa dalle altre e ricordo il messaggio di mia madre di questa notte.

Mamma – 02:45
Gigi ti ho spedito una lettera ieri, dovresti trovarla al tuo arrivo a Milano.
Ti chiedo scusa se ho aspettato tanto per dartela
ma sono sicura che capirai il motivo per cui l'ho fatto.
Un bacio, mamma

Prendo la lettera tra le mani e mi sembra così consumata, come se venisse dal passato. L'odore mi ricorda quello di casa, del cassetto della biancheria della nonna: dolce ma allo stesso tempo intenso, che ti resta per ore nelle narici. Mi siedo a terra e apro la busta. Ne tiro fuori quattro fogli, interamente scritti a mano e inizio a piangere dalla prima parola che leggo su quei fogli ingialliti dal tempo.

Mia piccola Gigi,
non so quando leggerai queste mie parole. Non so neanche se le leggerai mai in verità (conosciamo bene quanto possa essere distratta tua madre). Ma ho dato a lei il compito di consegnarti questa lettera quando sarai pronta, e solo lei saprà decidere quando quel momento arriverà.

Scrivo queste parole mentre sei qui accanto a me e dormi stringendo a te il lembo della mia camicia. Sei così piccola e così fragile, eppure anche tu hai capito che resterò ancora su questa terra per poco tempo. Te lo leggo negli occhi perché a ogni battito di ciglia i tuoi occhi dicono "Ti prego non andare!".

Se potessi resterei qui e aspetterei di vederti crescere, veder crescere tutto ciò che ti riguarda. Le gambe, i tuoi boccoli rossi e anche la fila di ragazzi che avrai sotto casa senza che io possa tenere sotto controllo. Io devo andar via, ma prima di farlo devo dirti alcune cose che ho imparato e che vorrei che sapessi anche tu.

La vita non è facile, dall'inizio fino alla fine è una continua giostra. Come le montagne russe che ti piacciono tanto, anche se sei ancora troppo piccola per andarci.

Ma tu non avere paura, mai. Goditi ogni istante, ogni corsa e ogni movimento della tua carrozza.

Quando sarai in alto, quando sarai felice, non essere egoista e condividi la tua gioia con chi ne ha bisogno. Regala un sorriso alle persone che ami ma anche a qualche sconosciuto per strada, potresti cambiargli la giornata. Sii gentile sempre, con tutti, anche con chi ti ferirà. Siamo creature fragili e imperfette e nessuno ci insegna come è giusto stare al mondo. Tu sii comprensiva, accetta chi è diverso da te e allontana chi ti vorrebbe diversa. Amati, ama i tuoi difetti, ama i tuoi errori e impara da essi.

Quando invece sei giù non chiuderti mai in te stessa. Alza lo sguardo e chiedi aiuto, cerca la mano tesa più vicina a te. Cerca lo spiraglio di luce che ti indica l'uscita. Non permettere che un giorno buio ti impedisca di vedere le cose belle che hai, che hai costruito con tanta fatica e non allontanare chi ti ama. Potresti perderli per sempre. Mantieni la calma, respira e cogli il sorriso di uno sconosciuto. Potrebbe cambiare la tua di giornata.

Non so come sarai tra cinque, dieci o vent'anni. So solo che sei uguale a tua madre: bella, sensibile e piena di fantasia. Tutto questo ti porterà lontano soltanto se non smetterai mai di credere in te stessa. Non ascoltare chi ti dirà che non puoi farcela, chi ti dirà che non sei abbastanza. Io sarò con te e crederò in tutti i tuoi sogni, sperando che da lassù io possa darti una mano a realizzarli.

Io ti vedo così piccola e delicata, ogni volta che stai per fare qualcosa mi guardi aspettando da me un segno di assenso perché hai paura di deludermi. Invece ti dico: buttati! Non aspettare conferma da nessuno. Ascolta il tuo cuore e ama. Ama quando sembra impossibile, quando tutto sembra difficile, sbagliato o doloroso.

La cosa che più mi fa soffrire è che tu non ricorderai tra qualche anno quanto ho amato la tua mamma, quanto siamo stati felici insieme e quanto vorrei che tu possa vivere un amore come il nostro. Ma non smetterei mai di cercare la felicità, non aspettare. Muoviti sempre. Forse la tua felicità non verrà da un amore ma da altro, un lavoro, un progetto, un viaggio. Ma tu ama sempre, ama tutto ciò che farai e tutto ciò che vivrai. Fino in fondo. E io sarò con te, dentro di te e dentro tutto quello che ti renderà felice.

Ti amo amore mio,
papà

Resto per ore con quella lettera tra le mani. Le lacrime congelate, incollate sulla pelle come se volessero lasciare il segno. Come se restando sulla mia pelle mi volessero ricordare per sempre quel momento.

Non ho mai avuto nessun ricordo di lui, nessuna cosa pur banale condivisa con lui. Ho cercato per anni qualcosa che fosse soltanto nostra, non una foto, ma un ricordo, un profumo o un qualsiasi tipo di segnale. Ma non c'è mai stato niente.

Però questa volta ho trovato quello che cercavo. Una lettera interamente dedicata a me, a me e nessun altro. E per quanto il vuoto lasciato da lui nella mia vita sarà sempre incolmabile ora lo sento qui vicino, anche se si tratta soltanto di un mucchio di fogli di carta invecchiati.

Per la prima volta non avverto quel senso di inquietudine e di impazienza che rende difficile anche un'azione banale e involontaria come respirare. La mia mente si risveglia, libera dalle paure.

Inizio a pensare al mio futuro e mi sento quasi felice. Tra due settimane volo finalmente a New York. Due mesi di lavoro intenso nella città più bella del mondo. Tutta questa vita davanti a me, e mi chiedo come ho fatto a credere che senza Riccardo io non potessi essere nessuno?

È davvero giusto far ruotare la propria vita intorno a qualcun altro? Restare fermi e pazienti a tessere una tela infinita in attesa dell'incerto ritorno di Ulisse? Cosa spinge le persone, dalle più semplici alle più straordinarie, a perdere totalmente la bussola per andare a smarrirsi nella foresta oscura delle braccia di un altro?

Perché continuiamo a lasciare che le nostre scelte e il nostro umore siano decisi da un burattinaio che ci tiene saldamente in mano? Forse la risposta è soltanto una. Perché ci piace farci del male e sanguinare nascondendo il masochismo della parola "amore", come se fosse nobile o eroica.

L'amore, quello vero, non è un bisogno, non è la paura di restare soli. Non è dipendenza, egoismo o ossessione. È camminare sulla propria strada sapendo che c'è qualcuno che sta andando nella tua stessa direzione. E questo tipo d'amore non è per tutti.

Il mio errore è stato credere di essere sbagliata e incapace di amare. Ma la verità è che io ho sempre avuto paura. Paura di aprirmi, di parlare, di chiedere come se non meritassi davvero di ottenere quello che volevo. Ho messo per anni al primo posto la mia carriera perché era l'unica cosa che potevo controllare, l'unica cosa che non mi avrebbe mai tradito.

Ma poi ho ritrovato Andrea e ho capito che l'amore non è tormento e disperazione. È qualcosa che non devi forzare, che nasce da due sguardi ed è semplice, spontaneo. È negli abbracci che hanno lo stesso calore da anni, nella voglia di baciarlo che ti prende nei momenti più impensabili.

Alla TV parte un programma, la replica di uno di quei varietà che informano noi, persone comuni, della vita splendida dei VIP. Foto dettagliate di vacanze da sogno, video di party esclusivi nelle più grandi città del mondo e poi, ovviamente, gossip e approfondimenti su scandali amorosi. Il primo servizio è su Riccardo Russo e Ludovica Atzori: divorzio shock dopo dieci anni di matrimonio e venti di amore.

Guardo quelle immagini scorrermi davanti e penso soltanto che io non finirò mai come loro. Un mondo di finzione, dove un sorriso è solo un cumulo di denti perfettamente in fila. Ero così affascinata dal mondo patinato di Riccardo, che non mi sono resa conto di quanta purezza e quanta profondità ci sia ancora nelle persone "normali", in qualcuno che continua a essere se stesso nonostante il mondo ci imponga di essere "speciali". Vogliamo sentirci unici e importanti quando a volte basterebbe esserlo soltanto per una sola persona.

Quanto vorrei che Andrea fossi qui adesso! Tutto il resto diventa privo di importanza quando lui è accanto a me, diventa tutto più leggero. Più facile. Adesso capisco qual è l'amore di cui parla mio padre. Adesso so che non ha più senso aspettare. È arrivato il momento di tirar fuori tutte quelle parole che non ho mai avuto il coraggio di dire.

Ho sempre creduto che fosse giusto tacere.
Non far rumore.
Camminare sempre in punta di piedi.
Ho imparato, forse per non far soffrire ulteriormente mia madre, a nascondere paure, sentimenti, pensieri.
L'ho fatto da sempre, l'ho fatto anche quando sei partito per l'Australia.
Ho finto di essere felice per te.
O meglio, lo ero davvero ma avrei voluto che il tempo insieme non passasse mai.
Avrei voluto partire con te, amarti.

Invece ti ho lasciato andare credendo che fosse sbagliato dirtelo.
Io volevo te.
E voglio te da quando ti ho rivisto in quel bar di Sivler Lake.
In quel momento il tuo sguardo ha cancellato tutte le mie cicatrici,
tutte le mie paure, tutto il mio passato.
Come se tu fossi la cura a tutto.
La meta finale del mio vagare.
Sono stanca di bussare, di chiedere "permesso".
Voglio buttarmi come fai tu nell'oceano: senza timore.
Senza la paura che l'acqua sia troppo fredda.
Adesso sai cosa ho provato per tutto questo tempo,
adesso conosci la verità e tocca a te decidere.
Tra due settimane sarò a New York,
al 540 E nella 5th St per l'esattezza.
Ti aspetterò lì, così come ti aspetto da quasi dieci anni ormai.

Le ampie finestre dell'appartamento in cui vivrò per questi due mesi a New York lasciano entrare tutta la luce del sole che questa mattina splende su Manhattan. Non la sopporto quando devo dormire, devo assolutamente comprare delle tende. Appena riuscirò a mettermi in piedi lo segno in agenda! Per ovviare al problema della luce infilo la testa sotto i cuscini, ma con scarsi risultati; il mal di testa è come un martello che sbatte ripetutamente senza lasciarmi tregua.

Ancora non ho imparato che sono troppo grande per sopravvivere al post-sbronza!

Sono arrivata soltanto da un giorno e ieri ho subito

conosciuto le persone con cui lavorerò a stretto contatto per questi mesi. Ho fatto subito amicizia con tutto il team femminile, e non abbiamo perso tempo. Siamo uscite subito a fare un tour di tutti i locali più eccentrici dell'East Village. La notte scorsa è stata fantastica, almeno credo. Ovviamente non ricordo nulla, ma le foto che ritrovo sul mio cellulare me lo confermano. Oramai il sonno è passato e mi alzo alla ricerca di un qualsiasi medicinale che possa farmi sentire meglio. Ecco qui! Per fortuna non giro mai senza antidolorifici. Poi vado verso la cucina e cerco nella dispensa qualcosa da mangiare. Ringrazio il cielo per avermi dato la voglia ieri di andare a fare la spesa. Sarebbe impossibile per me uscire adesso alla ricerca della colazione.

Mentre addento una ciambella, apro Whatsapp per scrivere a mia madre. Da lei dovrebbe essere quasi sera, magari tra un po' potrei anche telefonarle. Invio il messaggio e, scorrendo le conversazioni, rileggo il messaggio che ho inviato ad Andrea due settimane fa a cui non ho mai ricevuto risposta. Forse l'ho spaventato, avrei dovuto aspettare di rivederlo qui a New York e parlargli di persona. Avrà creduto che sono una matta, ma questo forse già lo sapeva. Avrei dovuto tenermi dentro tutto, come ho sempre fatto. Mi giro verso il frigo e rivedo di nuovo la lettera di mio padre, l'ho portata con me trascinandomi dietro il magnetico di Rio che mi ha portato Azzurra l'anno scorso. Voglio averla sempre davanti, a ricordarmi che merito di essere felice. Che non devo mai smettere di credere che ogni giorno sarà migliore e che, con questa convinzione, potrò rendere felici gli altri.

Mentre stringo tra le mani la lettera, sento bussare alla porta. Guardo l'orologio sulla parete e mi rendo conto che è già quasi l'ora dell'aperitivo. Deduco quindi che saranno le mie colleghe ancora in vena di far festa. E penso che neanche a New York posso stare tranquilla di domenica! Qualcuno continua a battere insistentemente sul mio portone rosso mentre io sbuffo perché vorrei soltanto sprofondare nella mia confusione da hangover.

Rimetto a posto la lettera, dò un ultimo morso alla ciambella che ho lasciato sul tavolo e mi avvicino lentamente allo spioncino. Ma quello che vedo non è nulla di quello che mi sarei aspettata. Soltanto una luce, il suo sorriso che si riflette sul mio viso.

Se io sono matta, allora lui lo è più di me.

«Cosa ci fai qui?» grido aprendo la porta.

Andrea non risponde nemmeno. Mi stringe il viso e inizia a baciarmi, come se fosse il nostro primo bacio. Come se non avessimo mai smesso di farlo.

«Desidero baciarti da quando ti ho rivista in quel bar di Silver Lake.»

Io ho il cuore che mi batte all'impazzata e fa pulsare ogni angolo del mio corpo. Non riesco ad emettere nessun suono, continuo soltanto a baciarlo.

«Scusa se non ti ho risposto al messaggio. Avevo bisogno di capire se fossi davvero pronto a darti quello che meriti. Sono già scappato una volta e non voglio farlo più. Voglio stare qui con te!»

Poi mi abbraccia di nuovo e mi rendo conto che è lui il mio "posto giusto", il mio romanzo. Basta scappare, basta aspettare.

Bisognerebbe avere il coraggio di essere felici, di parlare sempre quando si desidera davvero qualcosa. Senza avere paura di chiedere, senza smettere di credere che meritiamo il meglio sempre. Questa volta non lo lascerò andar via di nuovo, non guarderò la sua auto sparire nelle luci flebili dell'alba.

«Allora resta qui. Questa volta non ti lascio andare» gli dico.

Penelope prende la sua tela e la butta via.

Non è più tempo di aspettare, è tempo di vivere.

Persone senza le quali non avrei scritto neanche una pagina

Le amiche Eleonora, Maristella, Serena e Valeria per aver dedicato del tempo alla lettura del libro quando era ancora un piccolo embrione.

I miei migliori amici, Francesca e Davide, per il supporto che i danno in tutti i progetti e le scelte della mia vita.

Mia sorella Fabiana, mio padre Germano, zia Nicla e Adriano per avermi incoraggiata e spronata a scrivere.

Emanuela, amica e collega, che ha preso a cuore il mio lavoro seguendolo passo passo aiutandomi a renderlo migliore.

Simona per aver passato un'intera giornata a rileggere tutta la storia insieme a me senza ribellarsi.

Paolo per i preziosi consigli e Federico per l'iniezione di autostima.

Francesco che mi ha insegnato che a volte anche gli scrittori possono restare senza parole.

Printed in Great Britain
by Amazon